教材项目规划小组
Группа по составлению программы учебных пособий

严美华　　姜明宝　　王立峰
田小刚　　崔邦焱　　俞晓敏
赵国成　　宋永波　　郭　鹏

加拿大方咨询小组
Канадская консалтинговая группа

Доктор Роберт Сэм Чэнь

Господин Чен Чжинин

Университет Бритиш Коламбия

Доктор Хелен У

Университет Торонто

Господин Ван Жэньчжун

Университет МакГил

中国国家汉语国际推广领导小组办公室规划教材
Рекомендовано государственным департаментом по популяризации китайского языка КНР

Новый практический курс китайского языка

Пособие для преподавателей

新实用汉语课本

3

（教师手册）

主编：刘　珣

编者：张　凯　刘社会

　　　陈　曦　左珊丹

　　　施家炜　刘　珣

俄文翻译：王国庆

俄文审订：刘文飞

　　　　　Сирко Е. В.

北京语言大学出版社
BEIJING LANGUAGE AND CULTURE
UNIVERSITY PRESS

（京）新登字 157 号

图书在版编目（CIP）数据

新实用汉语课本教师手册：俄文注释本．第 3 册/刘珣主编；张凯等编．
—北京：北京语言大学出版社，2007.4
ISBN 978 - 7 - 5619 - 1809 - 8

Ⅰ．新…　Ⅱ．①刘…②张…　Ⅲ．汉语 - 对外汉语教学 -
教学参考资料　Ⅳ．H195.4

中国版本图书馆 CIP 数据核字（2007）第 030872 号

版权所有　翻印必究

书　　　名：新实用汉语课本教师手册·第 3 册
责任编辑：王亚莉
封面设计：张　静
责任印制：汪学发

出版发行：北京语言大学出版社
社　　　址：北京市海淀区学院路 15 号　邮政编码：100083
网　　　址：www.blcup.com
电　　　话：发行部　82303650/3591/3651
　　　　　　编辑部　82303647
　　　　　　读者服务部　82303653/3908
印　　　刷：北京新丰印刷厂
经　　　销：全国新华书店

版　　　次：2007 年 4 月第 1 版　2007 年 4 月第 1 次印刷
开　　　本：889 毫米×1194 毫米　1/16　印张：8.25
字　　　数：175 千字　　印数：1 - 3000 册
书　　　号：ISBN 978 - 7 - 5619 - 1809 - 8/H·07027
　　　　　　02800

凡有印装质量问题，本社负责调换。电话：82303590

目　　录

Содержание

致教师

致 教 师

感谢您选择《新实用汉语课本》作为基础汉语教材。在使用本书以前,我们想先介绍一下第三、四册教材编写的思路和特点,以便您了解教材的全貌。

《新实用汉语课本》是新世纪之初,我们为以英语为母语或媒介语的学习者学习汉语编写的一套新教材。为了适应俄罗斯日益增多的汉语学习者的需求,我们决定适当修改,出版俄文注释本。

本教材的目的是通过语言结构、语言功能与相关的文化知识的学习和听说读写技能训练,逐步培养学习者运用汉语进行交际的能力。全书共六册,70 课。第 1—4 册为初级阶段,即基础语音、语法阶段:第一、二册为第一学年教材,在 26 课中学习者已接触到最基本的汉语结构与功能;第三、四册为第二学年教材,共 24 课,对前两册所学的结构与功能加以重现、补充和深化。其中,第三册仍以句型教学为主,学完第三册,学习者共接触 1600 个生词(其中 1300 个要求掌握)和 1000 个汉字以及近 300 个核心句式。第四册以复句和虚词教学为主,除了继续打好语言结构和功能的基础外,该册还是由初级阶段向中级阶段过渡的台阶。

一、第三、四册教材体例

第三、四册体例与第一、二册基本相同。

课文 为有利于基本句型的学习,第三册主课文仍为两段对话。第四册则为一段对话、一段短文,以衔接第五、六册中级阶段的教学。本书的课文不但为全课提供一定的情景,还提出了介绍某方面中国文化或进行中西方文化对比的话题,以引起学习者的兴趣,便于课堂上让学习者进行交际性练习,即发表自己的看法、进行讨论等。

注释 第三册与第一、二册相同,主要内容为解释词语的用法、介绍必要的文化背景知识、对课文中出现的暂不讲解新语法点的句子进行翻译。第四册则将词语用法的解释(词语例解)归入语法部分。

练习与运用 每课的"重点句式"体现了本课重点介绍的语言结构和功能项目,是学习者首先要掌握的内容。后边的各项练习,体现了由机械操练到交际运用的过程。在"会话练习"部分增加了"会话常用语",以利于提高口语表达能力。

阅读和复述 着重培养阅读能力与成段表达能力。阅读短文中除了重现已学过的句型与词语外,还要加强对学习者猜测词义、跳越障碍、获取信息技能的训练。

语法 针对汉语的特点和以俄语为母语学习者的难点,对本课出现的主要语言结构进行必要的说明。着重介绍句子组装的规律,不求语法知识的全面系统。每册有两课复习课,帮助学习者对已学过的语法进行小结。

字与词 在第一、二册着重汉字部件和汉字结构学习的基础上,第三册主要介绍汉字组词的规律,第四册侧重于集中识字和联想组词的练习。

二、第三、四册的教学任务建议和注意事项

本阶段的教学任务是:

1. 学习者能正确、熟练地掌握每课重点练习的汉语基本句型和词语的用法;

2. 学习者能就每课课文的话题及重点练习的功能项目在实际生活中与说汉语者进行初步的听说读写的交际,并在每课所涉及的话题范围内,掌握用汉语进行交际所必需的文化知识,特别是习俗文化知识;

3. 学习者继续按汉字结构规律认写汉字,扩大汉字量;

4. 在语音上对学习者继续严格要求,巩固并提高其汉语语音能力,对语音的进一步练习主要通过《综合练习册》进行。

本阶段教学需要注意的是:

1. 关于重点句型和重点词语的教学

长期的教学实践使很多语言教师形成这样的共识:掌握语言结构是培养成人第二语言交际能力的基础。本书也同意这种看法。根据对语言认知的研究,成人在学习第二语言的过程中必然要运用其思维能力,自觉或不自觉地通过总结组词、组句的规律来达到掌握语言的目的,而不可能一味地盲目模仿或死记硬背。过分强调自然地、无序地接触语言现象,对课文中出现的词汇和句型不加控制,未必是成人掌握语言的捷径。尤其是学习与其母语相距甚远、且本身带有很多特点的汉语,更需要教材的编者和教师按一定的系统性、循序渐进地展示语言结构,引导学习者正确地总结组词、组句的规则,以指导交际运用。因此,本书为达到培养交际能力的目的,十分重视打好语言结构的坚实基础。

本书每课所介绍的重点句型和重点词语的用法,都在当课课文中多次重现(上一课的重点句型和词语也大都在本课再出现),都在"练习与运用"中反复操练。需要注意的是,对一些较难掌握的语法或词语的用法,本教材采取分散难点的办法,即一个语法点或词语的用法常常由易到难分几课教,而不是集中在一课教完。这就要求教师们注意掌握好每课所介绍的范围。而且课文中出现的每个新句型和词语也并非都要在该课中加以练习,有的是属于提前出现的,有的是先接触以后再归纳总结,对这类句型或词语,学习者在该课只要通过注释和翻译了解其意思并能说出就行,在以后的某一课将进行重点练习(本《教师手册》中每课都将有说明)。

重视语言结构的教学并不意味着要求教师大讲语法、词汇知识。本书的"语法"、"注释"部分只是极其简要地总结组词、组句的规则,尽量少用语法术语系统地讲授语法知识。但我们希望教师们在课上进行了大量练习以后,能画龙点睛地总结一下语法规则。至于本《教师手册》中的"教师参考语法知识",只是供教师参考用,而不是要向学习者讲解的。

对语言结构的掌握,应该体现听说读写的全面要求。本阶段更要突出听说技能的训练。

2. 关于生词教学

每课两段主课文后所列的生词,都要求学习者掌握。每课所列的补充生词除了与阅读短文有关外,还与该课的话题或功能有关,可以用在练习中。但补充生词不要求学习者全部掌握(每次出现时都注拼音)。希望在进行练习时,首先练好本课要求掌握的生词。课时少的学习者可以不练补充生词;对非真正零起点的学习者则可以要求掌握这些补充生词。

在生词教学中应强调两点:一是要"向下"加强对组成生词的语素——即每个汉字的形和义的认、记,有利于学习者了解汉语词语的结构规律,收到举一反三的效果;二是要"向上"加强扩展短语的练习,有利于学习者掌握词的用法,也便于学习者提高组句的能力。本教材提供了大量这方面的材料。

3. 关于功能与话题的教学

词语和句型教学的目的,是为了使学习者能理解和表达一定的功能,能就课文中提出的话题进行交际,否则语言结构的教学就将失去其意义。因此,必须把词语和句型的教学引向功能和话题的教学。"练习与运用"部分,从机械性掌握词语、句型替换开始,进而围绕一定的功能项目和话题进行会话练习和课堂活动,最后则进行接近于真实语言情境的交际性练习。尽管这种会话练习和交际性练习仍然要受到学习者现阶段所掌握的词语、句型或者说整体语言水平的限制,仍是有控制的,但希望教师能重视这部分的教学,鼓励学习者勇于交际,培养其运用汉语的习惯。

4. 关于汉字的教学

在第一、二册汉字部件和汉字结构教学的基础上,二年级的学习者已有能力分析、掌握新的汉字。第三、四册把汉字教学的重点转向由字组词及对汉字进行归类总结。

5. 关于语音教学

语音阶段过去以后,对语音的要求不能放松,否则会前功尽弃。特别是在教生词或读课文时仍要严格纠正语音语调;在进行会话练习或交际性练习时也要用适当的方式指出学习者语音语调方面的问题。在《综合练习册》中仍有专门的练习,希望教师能进行一定的指导。

三、本《教师手册》的主要内容

1. 教学目的:列出每课教学的重点。

2. 教学步骤建议:教师们都有自己主张和喜爱的教学方法,由于教学对象、教学内容以及各单位周课时的设定不同,每课的教学步骤也不可能一成不变。因此,本手册仅在语音阶段和语法阶段各提出一、两课教学步骤的参考方案。

3. 内容说明:从本册教材内容安排的角度,对本课所教的语音、语法、词汇、汉字及功能话题、课文情景作必要的说明，特别注明按编者的设计哪些是本课需要重点处理的，哪些是留待以后再练的。

4. 《课本》语法与注释：为课本"语法"及"注释"主要部分的中文译文。

5. 《课本》"字与词"知识：为《课本》"字与词"部分的中文译文。

6. 教师参考语法、词汇、汉字知识。

7. 教师参考文化知识。

8. 《综合练习册》中听力练习的录音材料及部分练习的参考答案。

9. 单元测试：本书每册提供两套单元测试，每套均包括笔试试卷、笔试教师参考答案和口试试卷三份材料。

最后，我们再强调一下：为了适应不同的教学情况和不同学习者的需要，本教材提供了比较丰富的教学内容，供教师和学习者选用。其中每课的"课文与生词"和"练习与运用"这两个部分，是希望能首先选用的核心内容。

编　者
2007 年 2 月

第二十七课 入乡随俗

一、教学目的

1. 掌握本课重点句型和重点词语的用法

（1）"把"字句(3)：把＋доп.＋гл.＋到/在/成

（2）副词"更"、"最"表示比较

（3）离合词

（4）一边……，一边……

（5）来＋им. об.

（6）对……来说

（7）动词"比如"

2. 掌握本课"表示看法"、"举例说明"等功能项目，能就一些问题简单地发表自己的看法，并通过举例说明自己的观点。

3. 掌握本课的生词与汉字。

二、教学步骤建议

1. 组织教学

师生问候，检查学生出勤情况，全班迅速进入学习状态。

2. 复习检查

对前一课的生词、句型、功能、课文进行复习检查，巩固所学的内容，解决遗留问题，并进一步提高熟练程度。可采用快速回答、相互问答、复述课文、听写、听述新材料、交际性运用等方式；既可普遍检查，也可重点抽查。

对旧课的复习要引向对新课的准备，做到温故知新、以旧带新。

本步骤也包括对作业或小测验的总结、讲评。讲评内容：肯定成绩，归纳普遍存在的问题，进行讲练。

本课因是新学年第一课，可以省去"复习检查"这一步骤。

3. 新课的准备

（1）处理生词

在上一课已布置预习本课生词的基础上，可通过听写、领读、轮读等方式检查预习的情况并纠正发音。本课因为是本册第一课，如不便检查，可直接用范读、领读、轮读、抽读等方式处理生词。

要注意指出组成生词的语素(汉字)的意义,以帮助学习者理解、记忆生词,体会汉语由字组词的方法,逐步培养猜测新词意义的能力。如本课学习"舞台"一词,应介绍"舞"与"台"这两个字的意思。同时,要注意扩展短语的练习。如把"舞台"扩展成"京剧舞台"、"越剧舞台"、"在舞台上演奏"等,加深对生词意义和用法的理解、记忆,复习已学过的词语,也为学习句子打好基础。

（2）朗读课文

处理完生词以后,可以将本课课文由教师朗读或放录音1—2遍,学习者可以看课文,也可以要求不看课文集中精力听。目的是让学习者了解本课所提供的情景和表达的话题及功能,了解课文全貌,引起学习者的兴趣,也能训练听力。这一步也可以放在"5.讲练课文"部分开始时做。

4. 重点句型和重点词语的教学

（1）引入

在对本课的重点句型和重点词语逐个进行讲练前,首先要将它们自然地引入(或展示),让学习者获得准确、鲜明的最初印象,帮助学习者感知、理解新的语言点。

引入的方法,根据所介绍句型或词语本身的特点而定:

① 可采取以旧带新、从已学过的语法点引向新语法点的方法。如本课在讲练"把"字句(3)时,可先从已学过的"把"字句引入:"——你把苹果买来了吗？——买来了。""——你把苹果洗好了吗？——洗好了。""——你把苹果放在盘子里了吗？——还没有呢,我要把苹果切成小块。"这样就引出了"把……放在"、"把……切成"等句型。

② 可采取利用或设置语境的方法。如本课在讲练"副词"更"、"最"表示比较时,教师可先引出三个句子:"我们系有500个学生","你们系有700个学生","他们系有900个学生",然后说:"——我们系的学生很多,你们系的学生呢？——更多。""——他们系的学生呢？——最多。"教师也可以用图片或幻灯设置情景。

③ 可采用比较的方法。如本课讲副词"就"表示强调的用法时,可以用一个不在场的学生或老师的名字提出问题:"×××是谁？"学生回答:"×××是我的老师。"或者:"他是我朋友。"然后再用一个在场的学生的名字并问他本人:"谁是×××？"学生自然回答:"我就是×××。"或旁边的学生回答:"他就是×××。"

④ 可采用教师或学生表演的方法。如本课介绍"一边……,一边……"时,教师可表演同时做两件事。导入新句型或词语时,所用的例句最好尽量用已学过的旧词而不用本课生词,以免分散学习者对新语言点的注意,增加导入的难度。

（2）练习与运用

在新的句型或词语导入以后,就可以按"练习与运用"中所提供的材料,从机械性的读短语、句型替换开始,一步一步进展到课堂活动、会话练习、看图说话等活用的练习,直到交际性练习。

"练习与运用"中的"熟读下列短语"和"会话练习"两部分练习量比较大,教师可根据课时的多少及学习者掌握的情况,酌情选用。

（3）小结

本步骤的最后，在大量练习的基础上教师可画龙点睛地将本课的主要句型和词语用法进行归纳，也可以引导学生自己进行小结，找出其规则。教师也可适当强调一下用这些句型或词语需要注意的事项。

这一步也可放在"7.布置作业"部分开始的时候进行。

5. 讲练课文

重点句型和词语的教学是为课文教学扫清障碍；而课文教学，又提供了一定的语境，可以巩固句型和词语的教学，特别是培养连贯表达的交际能力。

首先，教师借助实物、图片、录像带或多媒体光盘以及重点句型和重点词语的板书，逐段叙述课文内容，让学习者理解。

教师就课文内容提问，让学习者回答（突出重点句型和词语）。

教师领着说，直到学习者能通过一问一答的形式自己进行课文对话。

最后，教师带学生朗读课文，提高熟练程度。在带读过程中要注意学生的语音，适当进行提示或纠正。

上述程序，也可以视课文的难度不同而变通。

6. 汉字教学

在学习者已掌握第一、二册汉字的基础上，本册汉字教学，除出现新部件或比较难写的汉字外，不需要在课堂上逐个教写。培养学习者按照课本的提示自己认写新汉字的能力。

7. 布置作业

按《综合练习册》的内容布置本课口头或笔头作业。本课的最后一课时，还要布置预习下一课的生词，并带读生词。

三、内容说明

1. "把"字句(3)和用副词"更"、"最"表示比较，是本课的两个语法重点。

"把"字句(3)是在谓语动词后用结果补语。本课着重介绍用"到"、"在"、"成"做结果补语，表示事物发生位置移动（"到"、"在"）或形态变化（"成"）。要强调这类语义一般只能用"把"字句表达，不能改用别的句型。

用"更"、"最"表示比较的差别，对学习者来说，并不难掌握。

2. 从第一册开始，本书就出现了离合词。本课做了小结，着重指出了离合词与一般动词用法的不同：离合词可以拆开，时量补语或动量补语一定要放在离合词的中间，不能放在离合词之后；离合词的后边也不能再接宾语。离合词的重叠形式也与一般动词不同，常用"AAB"式。

3. 本课介绍的动词"来"代替意义更具体的动词，如"要"、"买"，主要是口语中用于在饭馆、茶馆、咖啡馆点菜、点饮料,在商场、商店买东西。

4. 关于介词"对",在第二十六课已学过可用来引出动作的对象,本课表示从某一角度作出判断,这两种用法通过翻译对比,都不难掌握。

5. 课文(一)的句子:"几位来点儿什么?""您几位请慢用。""几位"中的"几"表示不多的概数。关于概数表示法将在第三十一课介绍。课文(二)的句子"有些事儿他们会觉得很不习惯",是主谓谓语句(2),将在第三十四课介绍。这些提前出现的语法点,本课只要让学习者理解意思就行,不要过多地解释和操练。

四、《课本》语法与注释

1. "把"字句(3)
本课介绍的"把"字句,在谓语动词后有"到"、"在"、"成"等做结果补语,常表示通过动作使某种确定的事物发生位置移动或形态的变化。

подлеж. + 把 + доп.把 + гл. + 到／在／成 + доп.

подлежащее	сказуемое				
	把	доп.把	гл.	到 ／ 在 ／ 成	доп.
我	把	你们	带	到	这儿。
陆雨平	把	汽车	开	到	宿舍楼前边。
西方人	把	食物	放	在	自己的盘子里。
丁力波	把	这些汉字	写	在	本子上。
他们	把	大块食物	切	成	小块。
他	把	这个词	翻译	成	英文。

注意:
这类表示通过动作使某种事物发生位置移动或形态变化的句子,一般只能用"把"字句来表达。如上面的句子不能说成:⊗陆雨平开汽车到宿舍楼前边。 ⊗西方人放食物在自己的盘子里。 ⊗他翻译这个词成英文。

2. 副词"更"、"最"表示比较

副词"更"放在形容词或心理动词前做状语,表示两个事物之间的比较或同一事物不同情况下的比较,程度增高。例如:

他比我更会游泳。　　　　　　　　　(跟"我"比)
这位服务员的声音更大。　　　　　　(跟茶馆其他人的声音比)
他现在更不想回家了。　　　　　　　(跟他原来的情况比)

副词"最"用于比较,表示在同类人或事物中处于顶级。常放在形容词或心理动词前做状语。例如:

　　茶馆就是最热闹的地方。

　　我们年级有三个系,我们系的学生最多。

　　在他们几个人中,丁力波的汉字写得最漂亮。

　　马大为最爱听中国民乐。

3. 离合词

汉语一部分双音节动词有时可以拆开使用,中间插入其他成分。这类动词叫离合词。离合词大部分都是"гл. + доп."结构,如我们以前学过的"游泳、吃饭、起床、睡觉、开学、上课、发烧、看病、住院、开车、打的、罚款、过期、排队、化妆"等以及本课出现的"说话、聊天"等。例如:

　　他没有游过泳。

　　老师说了很长时间的话。

　　他在银行排了两次队。

　　我想在这儿聊一会儿天。

　　我朋友帮了我的忙。

注意:

(1) 离合词一般不能再带宾语。如不能说:⊗我朋友帮忙我。

(2) 如带时量补语或动量补语,只能放在离合词的中间,不放在离合词之后。如不能说:⊗老师说话了很长时间。⊗他在银行排队了两次。

"гл. + доп."式离合词的重叠形式是"AAB",或"A — AB"、"A 了 AB"式。如:"散散步、聊一聊天、游了游泳"。

4. 一边……,一边……

"一边……,一边……"放在动词前,用来表示两种以上的动作同时进行。例如:

　　咱们一边散步,一边聊天。

　　王小云一边看小说,一边听音乐。

5. 来 + им. об.

动词"来"在一定的语言环境中常用来代替意义更具体的动词,多用于口语。"来 + им. об.(受事)"常用于询问对方的需求或向对方提出要求,代替"要、买"等动词。如"您来点儿什么?"(就是"你要点儿什么"),"来一壶茶"(就是"要一壶茶"),"来一斤蛋糕"(就是"买一斤蛋糕")等。

6. 对 + им. об. + 来说

"对 + им. об. + 来说"的意思是:从 им. об.(某人或者某事)的角度作出一种判断。

一般都用在句首。如：

> 对丁力波来说,用筷子吃饭很容易。
>
> 对语言课本来说,课文和生词是主要的。

7. 动词"比如"

动词"比如"(口语也常说"比如说")用于举例,常放在句子的后边,也可以在句子中间。如：

> 他很喜欢吃中国菜,比如说烤鸭、涮羊肉。
>
> 有些公共场所比如饭馆、车站,人们说话的声音太大,她很不习惯。

五、《课本》"字与词"知识

构词法

现代汉语的词可分为单纯词和合成词。单纯词是由一个语素(一般说来也就是一个汉字)构成的。合成词是由两个或两个以上的语素构成的。了解合成词的构造方法,对理解词义、学习新词是有帮助的。合成词的构造方法如下：

(1) 联合式

联合式合成词一般都是"名 + 名"(如:声音),"形 + 形"(如:多少),"动 + 动"(如:考试)等三种。从意义来看,也可分为三种：

A. 字义相同或基本相同:帮 + 助→帮助,例如：

> 休息 考试 聚会 管理 声音 语言

B. 字义与字义基本相反:东 + 西→东西,例如：

> 多少 没有 买卖 动静 左右 大小

C. 字义与字义彼此相关:优 + 美→优美,例如：

> 安静 刀叉 学习 锻炼 教练 种类

六、教师参考语法、词汇、汉字知识

语法知识

1. 由于"把"字句常表示某事物经过某种动作的处置以后产生了变化和结果,特别是位置的移动或形态的变化,因此,各种补语常常充当"把"字句谓语动词后的其他成分。我们在第十八课已经学过动词后带趋向补语,本课着重介绍动词后带结果补语。"把"字句谓语动词后还可以带其他补语,如：

> 他们把宿舍打扫得干干净净。(情态补语)
>
> 他把妈妈写来的信看了两遍。(动量补语)

为什么要用"把"字句? 除了表达功能的需要外,有的还因为句子结构的需要,本课所介绍的谓语动词后有"到"、"在"、"成"等结果补语的句子,就是句子结构要求必须用"把"字句。

"被"字句与"把"字句可以互相转换,如:

衣服被他放在床上了。──→他把衣服放在床上了。

这本字典被我寄到西安去了。──→我把这本字典寄到西安去了。

无标记被动句补上动作和变化的引起者(主语)和"把"字,就成了"把"字句,如:

自行车借走了。──→他把自行车借走了。

他撞伤了。──→自行车把他撞伤了。

需要注意的是,一些不含处置意义的动词,不能构成"把"字句。如:

你已经被他们看见了。(不能说:⊗他们已经把你看见了。)

2. "更"用在比较句中表示先肯定某一事物已具备某种性质状态(如"好"、"安静"、"坏"等),而与之相比的事物在这方面更进一层。"更"后面可以用否定副词,如"更不好"、"更不高兴"。"最"可以用在某些方位词的前边表示方位的极点,如"最右边"、"最前边"。

词汇知识

1. 本课出现了指示代词"这样"。"这样"与以前学过的"这么"在指示程度和指示方式时,用法基本相同("这么"在口语中用得更多),如"这样/这么大"、"这样/这么喜欢"、"这样/这么做"、"这样/这么想"。但"这样"可以修饰名词指示性状,如"这样的背包"、"这样的事情"。"这么"多用于表示程度,一般不能修饰名词,不能说:⊗"这么的背包"、⊗"这么的事情"。

2. 本课学的"了解"与以前学的"知道"在意义和用法上都有很大不同,这两个词一般不能互换。对人或事只是通过看、听或接触而得知,都可以用"知道",而"了解"一词所表示的"知道"是全面的、深入的、详细的。如果只是一般地知道某事,不能用"了解"。例如:

我知道他考得不好,我来了解一下他为什么没有考好。

(⊗我了解他考得不好,我来知道一下他为什么没有考好。)

我虽然跟他住一个房间,但是我对他还不太了解。

(⊗我虽然跟他住一个房间,但是我对他还不太知道。)

我们不但要学好汉语,还要更多地了解中国。

(⊗我们不但要学好汉语,还要更多地知道中国。)

我不知道这句话用汉语怎么说。

(⊗我不了解这句话用汉语怎么说。)

"了解"可以表示打听、调查的意思,"知道"没有这个意思。例如:

我想了解一下这儿的环保问题。

(⊗我想知道一下这儿的环保问题。)

"了解"可以用程度副词"很"、"非常"等修饰,也可以用表示方式、状态的词语修

7

饰,"知道"不能。例如:

> 我很了解那儿的风俗。

> (⊗我很知道那儿的风俗。)

"了解"可以跟动态助词"过"、"正在"连用,"知道"不能。例如:

> 我了解过那儿的教育情况。

> (⊗我知道过那儿的教育情况。)

> 他们正在了解黄山的旅游情况。

> (⊗他们正在知道黄山的旅游情况。)

汉字解说

壶,是象形字,像一把酒壶的样子,上面是壶盖,中间是壶身,下边是壶底。如"茶壶、酒壶、咖啡壶"。

茶,"朩"是茶树,上边表示树枝和叶子。如"红茶、绿茶、花茶"。

叉,是象形字,像一根树枝杈。如"叉子、刀叉"。

搬,"扌"与手有关,"般"是这个字的读音。如"搬书、搬东西"。

安,"宀"指人住的屋子,"安"表示女人在屋子里是比较"安全"的。如"平安、安静"。

指,"扌"与手有关,"旨"是这个字的读音。

舔,"舌"表示这个动作与"舌"有关,"忝"是这个字的读音。

筷,"竹"与竹子有关,"快"是这个字的读音。筷子是吃中餐的餐具。

块,原指土块。现用作量词,如"一块蛋糕、一块钱(一元钱)"。

快,"忄"与心有关,"快"表示人高兴。如"快乐",借用作快慢的"快",如"跑得很快"。注意区别"快、块、筷"的用法。

"静"和**"净"**都读 jìng,右边都是"争"。"静"跟"动"相对,如"安静、动静";而"净"与"脏"相对,如"干净、把宿舍打扫干净、把衣服洗干净"。

七、教师参考文化知识:中国茶

中国是茶的故乡。早在 2000 多年前的西汉,茶的用途就由一种中药过渡到一种饮料。1000 多年前的唐代,陆羽写了世界上第一本关于茶的专著《茶经》,后人称他为"茶圣"。茶是中国老百姓日常生活的必需品,所谓开门七件事,油、盐、柴、米、酱、醋、茶。茶也是最常用的招待客人的饮料和赠送亲友的礼品。茶和饮茶已成为中国古老文化的一部分。

中国茶的种类很多,一般分红茶(安徽祁门红茶最有名)、绿茶(杭州龙井茶最有名)、乌龙茶(福建武夷岩茶最有名)、花茶(福建茉莉花茶最有名)和紧压茶(云南普洱茶)。自古以来,茶叶是中国出口贸易的大宗商品。公元 7 世纪中国茶叶传到日本、朝鲜,16 世纪以后陆续传入欧洲、美洲和非洲。英语"tea"就是中国福建话"茶"的发音。

中国各地大小城市都有茶馆或茶楼,这也是一个了解中国风俗的好去处。各地茶馆都是老百姓休息的地方,也有的人利用茶馆谈问题、商量事情,甚至无钱打官司的人在茶馆解决纠纷。有的地方把喝茶与文化娱乐结合在一起,在茶馆可以听说书、曲艺、清唱,欣赏各种民间文艺演出,也有的人在茶馆下棋、玩鸟、斗虫。

各地茶馆也都有自己的特色,比如四川的茶馆比较简朴,都用竹椅竹桌,没有考究的陈设;江南水乡的茶馆设在乡镇桥头,既可饮茶又可看小镇风光;广州茶楼门面高大,厅堂宽敞;北京老舍茶馆店堂高雅,桌椅茶具十分精致,可以欣赏到一流的民间传统艺术。

八、《综合练习册》中听力练习的录音材料及部分练习的参考答案
Задания по аудированию и практике устной речи

2. Прослушайте вопросы и обведите правильный ответ в соответствии с текстом.

    (1) 谁的声音更大?

        A. 陆雨平　　　　B. 马大为　　　　<u>C. 服务员</u>　　　　D. 林娜

    (2) 哪儿是最热闹的地方?

        A. 公园　　　　<u>B. 老茶馆</u>　　　　C. 咖啡馆　　　　D. 新茶馆

    (3) 从老茶馆出来,他们去了哪儿?

        <u>A. 公园</u>　　　　B. 书店　　　　C. 咖啡馆　　　　D. 新茶馆

    (4) 中国人吃饭用什么?

        A. 刀子　　　　B. 盘子　　　　C. 叉子　　　　<u>D. 筷子</u>

3. Прослушайте диалог и определите верны ли следующие утверждения (" + " для верного, " – "для неверного).

    录音:

        女:我听说中国的饭馆都很热闹,可是这儿怎么这么安静?

        男:你看,现在几点了?

        女:啊,快九点了。

        男:中国人吃晚饭吃得早,从六点到八点饭馆里人最多。

    (1) 这家饭馆现在很热闹。　　　　　　　　　　(–)

    (2) 现在是早上九点。　　　　　　　　　　　　(–)

    (3) 中国人习惯早点儿吃晚饭。　　　　　　　　(+)

    (4) 晚上从六点到八点来这儿吃饭的人更少。　　(–)

4. Прослушайте звукозапись и заполните пропуски.

    (1) 西方人＿＿食物放在自己的盘子里。　　　　(把)

    (2) 大家一边喝茶,＿＿聊天。　　　　　　　　(一边)

    (3) 对＿＿来说,这很正常。　　　　　　　　　(我们)

    (4) 他们常常到别的地方去,＿＿去咖啡馆。　　(比如)

    (5) 咱们到那个公园去＿＿。　　　　　　　　　(散散步)

5. Прослушайте звукозапись и напишите предложения, используя пиньинь.

(1) 今天我把你们带到这儿来。

(2) 茶馆就是最热闹的地方。

(3) 这位服务员的声音更大。

(4) 他把大块切成小块,再把它送到嘴里。

(5) 把"入乡随俗"翻译成英文,该怎么说?

6. Прослушайте звукозапись и напишите предложения иероглифами.

(1) 来一壶茶。

(2) 您几位请慢用。

(3) 从小到大。

(4) 聊一会儿天。

(5) 我看应该"入乡随俗"。

7. Разыграйте по ролям.

Прослушайте звукозапись и составьте диалог с вашим партнером по образцу. Попробуйте узнать смысл диалога с помощью друзей, преподавателей и словарей.

录音:

男:林娜,你来了。昨天你去中国茶馆了,觉得怎么样啊?

女:张老师,您好! 我有些问题想问您呢。

男:是茶馆的问题吗?

女:对。我发现中国的老茶馆和新茶馆不一样。老茶馆很热闹,人们说话的声音都很大。可是新茶馆很安静,这是为什么?

男:你发现了没有? 去老茶馆的人和去新茶馆的人也不一样,去老茶馆的人很多是普通的市民,他们都喜欢热闹;去新茶馆的人很多是文化人,他们喜欢安静。

女:所以老茶馆的茶很便宜,新茶馆的茶很贵。

Задания по чтению и написанию иероглифов

11. Выберите правильные ответы.

(1) 我们____说声音大,这位服务员的声音更大。

    A. 再　　　　　B. 已经　　　　　C. 正在　　　　　D. 没

(2) 到茶馆来的人____喜欢热闹。

    A. 能　　　　　B. 还　　　　　C. 会　　　　　D. 都

(3) 有些事儿他们____觉得很不习惯。

    A. 不　　　　　B. 会　　　　　C. 从来　　　　　D. 太

(4) 我爸爸妈妈他们____是这样。

    A. 从　　　　　B. 该　　　　　C. 也都　　　　　D. 会

(5) 我____是"入乡随俗"。

    A. 就　　　　　B. 没有　　　　　C. 想　　　　　D. 还要

第二十八课　礼轻情意重

一、教学目的

1. 掌握本课重点句型和重点词语的用法
（1）用动词"有/没有"表示比较
（2）反问句（1）："不是……吗?""哪儿/怎么＋гл.（＋呢）"
（3）连动句（3）："подлеж.＋有/没有＋доп.＋гл.₂"
（4）结果补语"上、开"
（5）……之一
（6）副词"还"（4）:表示出乎意料

2. 掌握本课"比较"、"反诘"、"担心"等功能项目,能就赠别人礼品或称赞别人赠自己的礼品等话题进行交际。

3. 掌握本课的生词与汉字。

二、教学步骤建议（略）

三、内容说明

1. 用动词"有/没有"表示比较、反问句（1）、连动句（3）是本课的语法重点。

2. "有/没有"用来比较两种事物的性质或特点的异同,常以一种事物为标准看另一种事物是否达到了这一标准。这种比较句的否定形式"X 没有 Y……"比肯定形式"X 有 Y……"用得多。肯定形式常用于疑问句或反问句。

3. 反问句有很多种,本课只介绍用"不是……吗?"强调肯定和用疑问代词"哪儿"、"怎么"强调肯定或否定两种。课文（二）马大为问"你们不喜欢别人给你们小礼物吗?"是一般疑问句,不是反问句。

4. 连动句（3）是第一个动词为"有"或"没有"的连动句。本课出现的连动句（3）中,第二个动词不带宾语,而"有"的宾语也是这个动词的受事,如"有书看"、"没有饭吃"等;或者第二个动词带间接宾语,如"有问题问你"、"有礼物送给你"。

5. 动词"上、开"常用做结果补语,各有特定的意义。在本课以前,我们已经着重介绍过"好、到、在"做结果补语。

6. "……之一"是常用的词语，本课需要掌握。"还"表示出乎意料、惊讶的语气，可以让学习者逐步体会、掌握。

7. 本课课文内容是陆雨平邀请丁力波、王小云等中外朋友到家里过中秋节。中秋节是中国人全家团圆的节日，一家人在一起吃月饼赏月，亲友之间也有互相赠送月饼或礼品的风俗。本书的主人公除了赏月吃月饼以外还利用这次聚会的机会，互相赠送礼品。

四、《课本》语法与注释

1. 用动词"有/没有"表示比较

"X + 有/没有 + Y + прил."，说明某事物（X）的性质或特点是否达到了另一事物（Y）的程度。这种比较是以后一事物为标准的，比较的结果常用形容词来表示。

подлеж. + 有/没有 + им. об.（ +这么 / 那么）+ прил.

подлежащее	сказуемое					
	нар.	有/没有	им. об.	（这么/那么）	прил.	доп.
中秋节		有	春节	那么	热闹	吗？
中秋节		没有	春节	那么	热闹。	
那种笔		没有	这种笔		好。	
我		没有	你说的	那么	漂亮。	
妹妹		有没有	姐姐	这么	高？	
妹妹	已经	有	姐姐	这么	高	了。

比较的结果也可能是动词词组：

подлежащее	сказуемое			
	有/没有	им. об.	（这么/那么）	гл. об.
他	有没有	你	那么	喜欢书法？
他	没有	我	那么	喜欢书法。
我	没有	你		跑得快。
我们	没有	你们		用刀叉用得好。
你们	没有	我们	那么	想知道里边是什么。

注意：

用"有/没有"的比较句，其否定形式(X + 没有 + Y + A/VP)用得比较多，而且常用于陈述句。其肯定形式(X + 有 + Y + A/VP)，用得较少，多用于提问。

2. 反问句(1)

有些疑问句不是用来提出问题，而是对一个明显的道理或事实表示强调。

  A. 用"不是……吗?"强调肯定。如：

      大为不是美国人吗？   （是美国人）

      你不是喜欢中国书法吗？   （喜欢中国书法）

      加拿大糖不是很有特色吗？   （很有特色）

      你不是参观过美术馆吗？   （参观过美术馆）

  B. 用疑问代词强调肯定或否定。如：

      这哪儿是小纪念品？（这不是小纪念品）

      我哪儿有你说的那么漂亮？（我没有你说的那么漂亮）

      朋友送的礼物怎么会不喜欢呢？（朋友送的礼物当然喜欢）

3. 连动句(3)

有的连动句第一个动词为"有/没有"，它的宾语也是第二个动词的受事。第二个动词不带直接宾语。

подлеж. + 有/没有 + доп. + гл.₂

подлежащее	сказуемое			
	нар.	有/没有	доп.	гл.₂
他	现在	没有	书	看。
学生们	星期天	有	很多练习	要做。
我们		有	一些小礼物	要送给你们。
我		没有	更好的礼物	送给大为。
我		有	一个问题	想问问。

4. 结果补语"上、开"

动词"上"做结果补语，表示分开的事物合在一起，或者一件事物附着在另一事物上。例如"关上门"、"戴上围巾"、"写上名字"、"带上护照"。

动词"开"做结果补语，表示完整的或在一起的事物分开。例如"打开礼物"、"打开书"、"切开苹果"、"搬开桌子"。

5. ……之一

"之一"中的"之"是古代汉语留下来的结构助词，用法跟现代汉语中的"的"字差不多。例如:"有名的画家之一"、"中国名牌之一"、"学习最好的学生之一"、"要回答的问题之一"。

6．副词"还"(4)

副词"还"(4)表示出乎意料,含有"居然(вопреки ожиданиям)"的意思,与"呢"连用,使句子稍带惊讶与夸张的语气。如:

他的小女儿还会唱越剧呢!

月饼上还有画儿呢!

五、《课本》"字与词"知识

构词法(2):偏正式

前面的字义修饰或限定后面的字义。例如:月+饼→月饼。如:

茶馆　爱情　蛋糕　西餐　中餐　汽车　火车　毛笔　电脑　电视　厨房
花园　剧院　客厅　礼物　商店　小孩　农民　工人　医生　医院　阳台
围巾　名牌　春天　今年　羊肉　外国　名片　油画　汉语　生词　邮费

六、教师参考语法、词汇、汉字知识

> **语法知识**

1．用"没有"表示比较与用"比"表示比较

用"没有"表示比较,"X 没有 Y……",可以作为用"比"的比较句"X 比 Y……"(第十七课)的否定形式。例如:

他比她来得早。(肯定)

他没有她来得早。(否定)

试比较:他不比她来得早。(意思是可能"比她来得晚",也可能"跟她一起来"。)

2．反问句

陈述句和各种疑问句都可以加上反问语气而构成反问句。反问句的特点是:用否定的形式来强调肯定的表达;用肯定的形式来强调否定的表达。例如:

这本书是他的? 我昨天跟他一起去图书馆借这本书的。(这本书不是他的)

这本书不是你的? 你看,上边还写着你的名字呢。(这本书是你的)

这本书不是你的吗? 上边还写着你的名字呢。(这本书是你的)

他没把出发的时间告诉你吗? 你还记在本子上了。(他告诉你了)

你把出发的时间告诉我了吗? 我们已经一个星期没有见面了。(你没有告诉我)

本课先从比较固定的格式"不是……吗?"以及"哪儿"、"怎么"等疑问代词构成的反问句开始,学习者比较好掌握。

3．第一个动词为"有"的连动句

第一个动词为"有"的连动句,还有一种类型,即"有"的宾语为抽象词,第二个动词可以带直接宾语。例如:

> 我还有机会去上海。
> 老师有责任帮助学生。
> 他没有时间再来看我。
> 这位老人没有钱买房子。

为避免学习者由于一下子不能掌握好第二个动词短语与"有/没有＋宾语"的关系,这一类"有"的连动句,暂时不介绍。

词汇知识

本课出现了指示代词"那么","这么"是近指,"那么"是远指。

汉字解说

饼,"饣"表示跟食物有关,"并"是这个字的读音。如"饼干"。

啤,是英语"beer"的音译字,喝"啤酒"要用"口",所以有口字旁,"卑"是这个字的读音。"啤"不单用,只用于"啤酒、啤酒花"等。

纪,"纟"表示古汉字与"丝"有关,"己"是这个字的读音。"纪"的意思与"记"基本相同,主要用于"纪念、纪元、纪年"等词中。

望,古汉字"🧍"像一个人睁大眼睛看着远处。"望"的本义就是"向远处看",如"一眼望不到边"。"望"也用来表示"希望"。

笔,竹字头表示笔杆儿是用竹子做的,而下边是羊毛。所以叫"毛笔"。

尊,酋字头,古汉字是表示一坛酒,"寸"是手,表示用手把酒坛举起,向人表示敬意。如"尊敬、尊重、尊贵"等。

"**戴**"与"**带**"是同音字,而且都是动词。"戴"是指把东西套在或挂在人体某个部位,如"头上戴着帽子、胸前戴着大红花"。"带"是指随身拿着,如"带照相机、多带点儿钱"等。"戴帽子",不能写作⊗"带帽子"。

"干净"和"干什么"中的"干"字形相同而读音不同。"干净"的"干"读 gān,形容词,繁体是"乾";"干什么"的"干"读 gàn,动词,繁体是"幹",一定要注意这两个汉字的读音和用法,特别是简体转换成繁体的情况。

七、教师参考文化知识:中秋节

农历八月十五日是中国传统的中秋节,这是仅次于春节的第二大节日。中秋节亲人团圆,全家人一边赏月,一边品尝月饼。所以中秋节又叫团圆节,月饼又叫团圆饼。

如果亲人在不同的地方,就同时望着月亮表达思念之情。宋代大诗人苏轼为怀念弟弟曾在中秋节写下了"但愿人长久,千里共婵娟"的名句。

关于中秋节的神话、传说很多,如嫦娥奔月、吴刚伐桂、唐玄宗梦游广寒宫等,此外民间还有供"兔儿爷"的风俗,这些使中秋节更具有文化气息。

八、《综合练习册》中听力练习的录音材料及部分练习的参考答案

Задания по аудированию и практике устной речи

2. Прослушайте вопросы и обведите правильныи ответ в соответствии с текстом.

（1）在中国,哪一个节日更热闹?

    A. 中秋节   <u>B. 春节</u>

（2）宋华送给丁力波的礼物是什么?

    A. 丝绸围巾   <u>B. 名牌毛笔</u>   C. 音乐光盘   D. 中秋月饼

（3）王小云送给林娜的礼物是什么?

    <u>A. 丝绸围巾</u>   B. 加拿大糖   C. 音乐光盘   D. 中秋月饼

（4）陆雨平送给马大为的礼物是什么?

    A. 加拿大糖   B. 名牌毛笔   <u>C. 音乐光盘</u>   D. 中秋月饼

（5）丁力波送给宋华的礼物是什么?

    A. 丝绸围巾   B. 中秋月饼   C. 名牌毛笔   <u>D. 加拿大糖</u>

3. Прослушайте диалог и определите верны ли следующие утверждения （" + " для верного," – "для неверного）.

录音:

    女:过春节的时候,你送我的礼物我很喜欢,谢谢。

    男:你没有马上打开看,我还以为你不喜欢呢?

    女:你说到哪儿去了,朋友送的礼物怎么会不喜欢呢?

    男:我们把礼物打开看,称赞礼物,表示感谢,这是尊重送礼物的人。

    女:中国人一般不马上打开看,这也是尊重送礼物的人。因为礼轻情意重,礼物不重要,重要的是友谊。

    男:是这样! 这又是中国人和外国人不同的地方。

（1）春节他们没有见面。   （ – ）

（2）朋友送的礼物她都喜欢。   （ + ）

（3）有的人马上把礼物打开看,是尊重送礼物的人。   （ + ）

（4）有的人不马上把礼物打开看,也是尊重送礼物的人。 （ + ）

（5）中国人收到礼物跟外国人一样,马上打开看。   （ – ）

4. Прослушайте звукозапись и заполните пропуски.

(1) 中秋节＿＿＿春节热闹。　　　　　　　　　　（没有）

(2) 我们＿＿＿一些礼物送给你们。　　　　　　　（有）

(3) 这＿＿＿是小纪念品？　　　　　　　　　　　（哪儿）

(4) 加拿大糖＿＿＿很有特色吗？　　　　　　　　（不是）

(5) 朋友送的礼物＿＿＿会不喜欢呢？　　　　　　（怎么）

5. Прослушайте звукозапись и напишите предложения, используя пиньинь.

(1) 中秋节有春节那么热闹吗？

(2) 林娜戴上这条漂亮的围巾就更漂亮了。

(3) 我们收到礼物，就马上把它打开。

(4) 是毛笔，文房四宝之一，还是名牌的呢！

(5) 不过，我有个问题想问问你。

6. Прослушайте звукозапись и напишите предложения иероглифами.

(1) 中秋节和春节

(2) 一点儿小意思。

(3) 是这样！

(4) 不客气。

(5) 你说到哪儿去了。

7. Разыграйте по ролям.

Прослушайте звукозапись и составьте диалог с вашим партнером по образцу.
Попробуйте узнать смысл диалога с помощью друзей, преподавателей и
словарей.

录音：

男：林娜，生日快乐！

女：谢谢，你能来我真高兴。

男：这是我送你的生日礼物，不知道你喜欢不喜欢？

女：朋友送的怎么会不喜欢呢？是什么呀？

男：打开看看就知道了。

女：好漂亮的生日蛋糕！"林娜"，上边还写着我的名字呢。

男：对呀，这是专门为你订做的。

女：是吗？这是我收到的最好的礼物，谢谢你！

Задания по чтению и написанию иероглифов

11. Выберите правильные ответы.

(1) 我____有更好的礼物送给大为。

　　<u>A. 没</u>　　　　　B. 已经　　　　　C. 都　　　　　D. 也

(2) 你们拿到礼物以后，____看看外边，没有打开。

　　A. 能　　　　　<u>B. 只</u>　　　　　C. 也　　　　　D. 都

(3) 你们的习惯我____不懂了。

　　A. 也　　　　　B. 会　　　　　C. 应该　　　　　<u>D. 就</u>

(4) 我们____有点儿担心呢。

　　A. 从　　　　　<u>B. 还</u>　　　　　C. 就　　　　　D. 会

(5) 你们为什么要____打开看呢？

　　A. 没　　　　　B. 没有　　　　　<u>C. 马上</u>　　　　　D. 还要

第二十九课　请多提意见

一、教学目的

1. 掌握本课重点句型和重点词语的用法

（1）存现句（2）：подлеж.（топ.）+ гл. + 着 + доп.

（2）形容词重叠

（3）结构助词"地"

（4）"把"字句（4）："把这些花修整修整"

（5）动词"是"强调肯定："是叫君子兰。"

（6）好 + гл.：表示容易做

（7）副词"就"（4）：两个动作相接较紧

2. 掌握本课"描述事物"、"强调肯定"、"表示谦虚"等功能项目，并能就称赞别人或回答别人的称赞进行比较得体的交际。

3. 掌握本课的生词与汉字。

二、教学步骤建议（略）

三、内容说明

1. 存现句（2）、结构助词"地"和"把"字句（4）是本课的语法重点。

2. 我们已经学过用动词"是"、"有"表示存在（第二十一课），本课学习用"гл. + 着"表示存在。下一课还将介绍存现句（3），即表示事物出现、消失的句子。

第二十五课我们已经介绍了"гл. + 着"表示动作（如"说着"）或状态（如"穿着"）的持续。"гл. + 着"表示持续，也可以用在我们已经学过的表示存在的句子里。描述在某一处所存在着某种事物或某人，这一事物或人是在发生某一动作以后，以该动作持续的状态存在着。学习存现句（2），可以从第二十一课动词为"是"、"有"的表示存在的句子引入，将动词替换为"гл. + 着"。这种句子的结构并不难掌握，但学习者不知道在什么情况下运用，常采取回避的策略。需要通过对某一处所进行描述的练习，让学习者掌握该句式的用法。

3. 状语和结构助词"地"。在本课以前,我们已经接触过很多带状语的句子,例如:

我们也都很忙。

我马上回来。

他每天早上打太极拳。

林娜在银行换钱。

妈妈给他打来了电话。

他哥哥跟他一样高。

同学们七点就来了。

快走,要上课了!

这些句子里,副词、时间词、地点词、处所词、介宾短语、单音节形容词等可以直接放在动词的前边做状语。本课介绍的形容词重叠或形容词短语做状语,一般要加结构助词"地"。结构助词"地"的使用,也是一个比较复杂的问题。本书将逐步介绍必须用"地"的情况。

4. "把"字句(4)是重叠谓语动词,后边不必再带其他成分。

5. 短语"好 + гл."大部分都表示这件事情(动作)容易做,如"好养、好过、好写、好学、好画、好念、好买、好找"等。但本课出现的生词"好看"的意思是看了觉得愉快、舒服。类似的还有"好听、好吃、好闻、好玩儿"等,都是表示动作做了以后感觉好。这些"好 + гл."结合得很紧,有的已成了一个形容词性的词。

6. 课文(一)张教授说:"不过,要把花养好,让它常开花,那就不容易了。""那"是指前边说的"要把花养好,让它常开花。"

课文(二)马大为说:"你是老师,我们才学了这么一点儿中文,怎么能提出意见呢?"这里的副词"才"表示少的意思。(第二十六课)

课文(一)"还有盆景呢。""您还真是一位园艺师呢!"重现"还"(4)。(第二十八课)

7. 本册书中出现的古文或古诗,一般只要求理解大意,不要求掌握句中每个词,特别是古汉语词。

四、《课本》语法与注释

1. 存现句(2)

描述"某地存在某事物或某人"的句子,除了第二十一课所介绍的以外,本课再介绍一种:主语是处所词语,谓语是"гл. + 着",宾语是存在的事或人。

这种句子的否定式用"没有 + гл. + 着",正反疑问式用"гл. + 着 + 没有"。

подлеж.（топ.） + гл. + 着 + об. числ. со сч. сл. + доп.（существующие лица или предметы）				

подлежащее（топ.）	сказуемое			
	гл.	着	об. числ. со сч. сл.	доп.（существующие лица или предметы）
墙上	挂	着		中国字画没有？
外边	摆	着	两盆	花。
桌子上	没（有）放	着		电脑。
房间里	站	着	一位	服务员。
客厅里	坐	着	很多	书法家。

注意：

（1）主语前边不要再加介词"在"、"从"等。

（2）谓语动词前不能加副词"在、正在"。不能说：⊗墙上正在挂着中国字画。

（3）宾语一般要有数量词或其他定语。

2. 形容词重叠

描述事物性质的形容词一般都可以重叠。单音节是"AA"式，如"红红、绿绿、长长"等；双音节是"AABB"式，如"整整齐齐、干干净净、漂漂亮亮"等。重叠后的形容词有表示程度深的意思，常用于描写事物，有时还带有喜爱、赞扬的感情色彩。如"红红的花"、"长长的绿叶"。

3. 结构助词"地"

形容词重叠或形容词短语做状语修饰动词时，一般要加结构助词"地"，如：

这里边是盘子，请你轻轻地放。

书架上整整齐齐地摆着很多古书。

多看电视就能更快地提高汉语水平。

4."把"字句(4)

"把"字句的谓语动词也可以是重叠形式，后边不必再带其他成分。

подлеж. + 把 + доп.把 + удвоеный глагол			

подлежащее	сказуемое		
	把	доп.把	удвоеный глагол
你	把	这些盆景	修整修整吧。
	请把	那些水果	洗一洗。

5．动词"是"强调肯定

动词"是"用在动词谓语、形容词谓语或主谓谓语的前边并且重读,用来强调肯定前边说过的话,有"的确"(действительно)的意思。如:

A：养花真有意思。
B：养花是有意思。

A：养花没有学汉语那么难吧?
B：养花是不太难。

A：听说他学习很努力。
B：他是学习很努力。

6．好＋гл.

形容词"好"＋гл.,表示很容易做某事("好"表示容易的意思)。否定的意思用"不好＋гл."。例如:

这篇文章好懂。

太极拳好学。

今天的练习不好做。

7．副词"就"(4)

副词"就"常用来连接两个动词或动词短语,前一动词或动词短语后常带助词"了",表示第一个动作完成后立即发生第二个动作。例如:

他吃了饭就来了。

他们到了医院就给他打电话。

五、《课本》"字与词"知识

构词法(3):补充式

由动词和补语构成,后面的字补充前面的字义。例如:提＋高→提高。如:

打开　得到　记得　站住

六、教师参考语法、词汇、汉字知识

语法知识

1．表示存在的句子和下一课将要学的表示事物出现、消失的句子叫存现句,这是汉语特有的一种句式。这种句子有特殊的表达功能:当要说明某个处所存在、出现或消失了某个事物时,必须要用存现句,一般不能用其他句式来代替。存现句的结构也有特殊要求。这里先说一下表示存在的句子。

表示存在的句子一般都用来描写客观环境,比如,描述某个场所的状况或某个房间的陈设等。句首的主语总是处所词语,它是被描述、说明的对象。动词除了"是"、"有"以外,一般有两类:一类是表示人对物体进行安放或处置的动作的,在动作完成以后,这一状态仍持续着,如"放着、挂着、摆着、停着、写着、画着"等;另一类则是表示人或物体的动作,这类动词的动作性不强,动作发生以后也是处于该动作的持续状态,如"站着、坐着、躺着、住着、排着"等。存在句的宾语是存在的事或人,前边往往有数量词或其他定语。

2. 单音节形容词用"AA"式重叠,在口语中第二个音节常常变为第一声并儿化、重读,如"慢慢儿"、"好好儿"。双音节形容词用"AABB"式重叠,重音在第四个音节上"整整齐齐"、"干干净净"。形容词重叠后做定语一般要用"的",如"红红的花"、"大大的嘴"、"长长的绿叶"。形容词重叠做状语,一般要加"地",如"轻轻地放"、"整整齐齐地摆着"。

3. 动词"是"在句中强调肯定,与我们学过的一般的"是"字句不同。在一般"是"字句中,"是"就是谓语动词,而这些句子本身有动词谓语、形容词谓语或主谓谓语,加上动词"是"只是起强调肯定的作用。需要特别注意的是我们一直强调,在一般的形容词谓语句中,没有动词"是",由形容词直接充当句子的谓语。本课的形容词谓语句中虽然加了"是",但它们仍不是句子的主要谓语,只是起强调肯定的作用,可以去掉,句子的主要谓语仍为形容词。

汉字解说

挂,"扌"与手有关,右边是两个"土"字。

长,作为动词读 zhǎng,如"孩子长大了";作为形容词读 cháng,如"长长的叶子"。

练,右边不要写成"东"。**练**与**炼**同音,"练习"的"练"是"纟"旁,"锻炼"的"炼"是"火"旁。

于,"于"、"干"、"千"三个字笔画数和形状相同。"于"的第三笔是"亅",不是"丨";"千"的第一笔是"丿",而不是"一"。不要把"干净"写成"于净"或"千净"。

七、教师参考文化知识:中国书法

中国书法是汉字的书写艺术,常与中国画并称为"书画"或"字画"。汉字除了作为书面交际工具的实用性外,汉字书写还能作为一种艺术形式存在,具有极高的观赏性,这在全世界的文字中是绝无仅有的。由于汉字是由线条表现的笔画组成的,中国的书法艺术就成为一种美妙的线条艺术。书法家笔下不同的汉字线条和线条的组合,形成了不同的书体和风格,能使人在欣赏中获得美感。

中国书法的历史可以说跟汉字的历史一样长。自古以来的各种书体如篆书、隶书、楷书、行书、草书都产生过珍贵的书法作品,历史上也出现了各种书体的书法家。东晋的书法家王羲之被称为"书圣"。

欣赏书法在中国是一种比较普遍的爱好,很多中国人的家里都挂有书法作品。练习书法在中国也是一项很多人都喜欢从事的活动。

八、《综合练习册》中听力练习的录音材料及部分练习的参考答案

Задания по аудированию и практике устной речи

2. Прослушайте вопросы и обведите правильный ответ в соответствии с текстом.

(1) 张教授家书房的墙上挂着什么?

    A. 古书   B. 盆景   C. 文房四宝   <u>D. 中国字画</u>

(2) 什么时候,张教授到外边去浇浇花,把盆景修整修整?

    A. 起床以后   <u>B. 工作累的时候</u>   C. 吃饭之前   D. 休息之前

(3) 谁想在宿舍里养花?

    <u>A. 林娜</u>   B. 马大为   C. 丁力波   D. 张教授

(4) 谁学过中国书法?

    A. 林娜   B. 马大为   <u>C. 丁力波</u>   D. 张教授

(5) 张教授刚写的一本书叫什么名字?

    A.《书法艺术》   B.《汉字书法作品》

    <u>C.《汉字书法艺术》</u>   D.《汉字书法艺术课本》

3. Прослушайте диалог и определите верны ли следующие утверждения ("+" для верного, "–"для неверного).

录音:

    男:张教授真谦虚。

    女:张教授太谦虚了,他把花养得那么漂亮,把盆景修整得那么好看,还说只是一点儿爱好。

    男:我知道他的书法很有名,可是他说自己的字很一般。

    女:他写了《汉字书法艺术》,还请我们多提意见,真奇怪。

    男:这就是中国文化的特色:他们认为能从别人那儿学到自己不懂的东西,所以老师和学生也应该互相学习。

    女:学习汉语还应该了解中国文化的特色。

(1) 女的也认为张教授很谦虚。   (+)

(2) 张教授说自己的字很好。   (–)

(3) 张教授写了一本关于养花的书。   (–)

(4) 学生要向老师学习,老师不用向学生学习。   (–)

（5）学习汉语还应该了解中国文化的特色。　　　　　（ + ）

4. Прослушайте звукозапись и заполните пропуски.
　　（1）书房的墙上＿＿＿着中国字画。　　　　　　　（ 挂 ）
　　（2）外边还整整齐齐地＿＿＿着这么多花儿和盆景。（ 摆 ）
　　（3）＿＿＿花是不太难。不过,让它常开花,就不容易了。（ 养 ）
　　（4）盆景要常常＿＿＿才会好看。　　　　　　　　（ 修整 ）
　　（5）学习书法要每天都认认真真地＿＿＿。　　　　（ 练 ）

5. Прослушайте звукозапись и напишите предложения, используя пиньинь.
　　（1）书架上放着这么多古书。
　　（2）红红的花儿,真好看。
　　（3）这只是一点儿爱好。
　　（4）弟子不必不如师,师不必贤于弟子。
　　（5）工作累的时候他就把这些盆景修整修整。

6. Прослушайте звукозапись и напишите предложения иероглифами.
　　（1）君子兰是很好养。
　　（2）我哪儿是园艺师?
　　（3）养花是不太难。
　　（4）外边还整整齐齐地摆着盆景。
　　（5）请多提意见。

7. Разыграйте по ролям.
　　Прослушайте звукозапись и составьте диалог с вашим партнером по образцу.
　　Попробуйте узнать смысл диалога с помощью друзей, преподавателей и словарей.
　　录音：
　　　　男：是林娜啊,欢迎欢迎! 快进来,快进来。
　　　　女：王老师,谢谢您请我来您家吃饭,这是给您的花儿。
　　　　男：别这么客气,我家里吃得非常简单。
　　　　女：哇! 这么多菜还叫“非常简单”啊?
　　　　男：来尝尝这道菜。
　　　　女：啊,真好吃,这是您做的吗?
　　　　男：这是我妻子做的,做得很一般。
　　　　女：真好吃! 王老师您太谦虚了。

Задания по чтению и написанию иероглифов

11. Выберите правильные ответы.

(1) 我明天下了课____去买盆花。

    A. 已经   B. 也   C. 都   D. 没

(2) 养花____有意思，可是你能养好吗？

    A. 能   B. 没   C. 是   D. 还

(3) 您还____是一位园艺师呢！

    A. 真   B. 都   C. 已经   D. 太

(4) 如果你每天都认认真真地练，____能把汉字写得很漂亮。

    A. 就   B. 该   C. 也   D. 会

(5) 老师和学生____互相学习。

    A. 就   B. 不一定   C. 也   D. 应该

第三十课　他们是练太极剑的

一、教学目的

1. 掌握本课重点句型和重点词语的用法
   （1）存现句（3）："那儿来了很多人"
   （2）"了"表示情况变化（2）
   （3）情态补语（2）
   （4）又……又……
   （5）连词"要不"
   （6）"后来"与"以后"
   （7）有＋гл. об. ＋的

2. 掌握本课"描述事物"、"表示变化"、"总结概括"等功能项目，能初步就某事物的变化或对某事物进行总结概括来进行交际。

3. 掌握本课的生词与汉字。

二、教学步骤建议（略）

三、内容说明

1. 存现句（3）、"了"表示情况变化（2）是本课的重点语法。

2. 存现句（3）是学习者难于理解而且不习惯运用的句式。课堂上介绍这一句式仍可从上一课"гл. ＋着"表示存在的句式引入，说明这一句式的功能仍是描述某一处所。与上一课句式的不同之处在于，本句式涉及的是出现或消失的人或事。两个句式结构相同，只是谓语动词不同。本课介绍的有一般动词，如"来了"；有带趋向补语的动词，如"出来了"、"走过来"等。

3. 第二十四课我们已经学过，一些形容词谓语句、"是"字句、"有"字句、某些动词谓语句以及用"不"否定的动词谓语句的句尾加"了"，表示情况变化。本课再增加名词谓语句（如"现在八点半了"），带能愿动词的谓语句（如"可以上班了"、"会打太极拳了"），以及主谓谓语句（如"她身体好了"、"他们人退休了"）等的句尾加上"了"表示情况变化。这几种句式，也是学习者使用得较少的，需要通过大量练习，养成使用这些句式的习惯。

4. 情态补语(2)与第十五课的情态补语(1)基本结构相同,都是用"得"的补语。在语义上两者不同的是:情态补语(1)是用来描述或评价动作行为本身,如"写得快"是"写"的动作快,"睡得晚"是"睡"的时间晚。而情态补语(2)则是用来描述或评价主语所代表的人或事在做出动作以后出现了什么情态,如"他们扭得全身出汗",是主语"他们"出汗;"水果洗得干干净净的",是主语"水果"干干净净了;"那儿安静得没有一点儿声音",是主语"那儿"没有一点儿声音。这说明情态补语不仅可以用来描述动作,还可以用来描述与动作有关的人或事物,这一点学习者并不难理解。

本课出现的情态补语已经不限于形容词短语,而扩大到动词短语,如"看得忘了吃饭"、"忙得没有时间唱";主谓短语,如"扭得全身出汗"、"唱得嗓子疼";或者其他补语,如"累得躺在床上"、"高兴得跳起来"。

5. 介绍"有 + гл. об. + 的",可以从第二十二课的"有的"引入,"有的人会唱京剧,有的人会演京剧"。本课的"有做操的"、"有跑步的",就是"有做操的人"、"有跑步的人"。

6. 本课重现上一课语法点的句子:"晚上来这儿高高兴兴地唱一唱"、"街心花园围着很多人"、"练太极剑可以很好地锻炼身体"以及"我觉得打太极拳、练太极剑对身体是很好"。

四、《课本》语法与注释
1. 存现句(3)
描述某地有人或事物的出现或消失,常用的句式是:

подлеж.（топ.）+ гл. + част. или дополнительный член + об. числ. со сч. сл. + доп.（появившиеся или исчезнувшие лица или предметы）

подлежащее（топ.）	сказуемое			
	гл.	част. или дополните-льный член	об. числ. со сч. сл.	доп.（появившиеся или исчезнувшие лица или предметы）
那儿	来	了		很多　人。
前边	走	过来		不少　老人。
他们家	死	了	一盆	花儿。
立交桥下	开	过去	五辆	车。
宿舍门口	丢	了	一辆	自行车。

注意：（1）主语为处所词语,它前边不能加介词"在"和"从"。

　　（2）谓语动词是不及物的,而且不少动词与人体或物体的位置移动有关,常用的动词有"走、跑、来、丢、生、死"等。

　　（3）动词后一般带动态助词"了"或者补语。

　　（4）宾语是无定的,不能说:⊗"前边走来了马大为"。宾语前一般有数量词语或其他定语。

2. "了"表示情况变化（2）

名词谓语句、主谓谓语句或带能愿动词的谓语句也可以在句尾加"了",表示变化或新情况的出现。这种句子有提醒或引起对方特别注意的目的。例如:

A:现在几点了?

B:现在八点半了。

他三十岁了。

我妈妈身体好了,现在可以上班了。

现在他们人退休了,休闲的时间也多了。

丁力波会打太极拳了。

现在可以进来了。

这类句子可以用正反疑问句式"……了 + 没有?"提问。如"她身体好了没有?"。

3. 情态补语（2）

情态补语除了描述或评价动作或行为本身外,更多地用来描述动作或状况使主语所代表的人或事出现了什么情态。例如:

他们玩儿得很高兴。

水果洗得干干净净的。

除了形容词短语常常用作情态补语外,动词短语、主谓短语也可以充当情态补语。例如:

那儿安静得没有一点儿声音。　　　　　（动词短语）

他们下棋下得忘了吃饭。　　　　　　　（动词短语）

他们忙得没有时间唱京剧。　　　　　　（动词短语）

他们扭得全身出汗。　　　　　　　　　（主谓短语）

他高兴得跳起来。　　　　　　　　　　（动词短语）

我累得躺在床上。　　　　　　　　　　（动词短语）

4．又……又……

"又"(3)的后边用动词性词语或形容词性词语,表示几种动作、性质或状况同时存在。例如:

> 他们又唱又跳。

> 那些人又说又笑,真高兴。

> 秧歌舞的动作又简单又好看。

> 这个姑娘又年轻又漂亮。

> 他在北京又工作又学习。

5．连词"要不"

"要不"有"如果不"(если бы не)的意思,在两个分句或句子中间,引出在与上文不同的假设下所得出的结果或结论。例如:

> 你去参加她的生日聚会吧,要不,她会不高兴的。

6．"后来"与"以后"

"后来"指在过去某一时间之后的时间,如:

> 他去年五月去过一次,后来没有再去过。

应注意"后来"与"以后"的区别:(1)"以后"既可用于过去,又可用于将来;"后来"只用于过去。(2)"以后"既可单用,又可跟其他词语合用,例如可以说"下课以后";"后来"只能单用,不能说:⊗"下课后来"。

7．有＋гл. об. ＋的

用两个或两个以上的"有＋гл. об. ＋的"可以表示列举。

五、《课本》"字与词"知识

构词法(4):动宾式

前面的字义支配后面的字义。例如:结＋果→结果。如:

> 说话　食物　聊天　照相　送礼　下棋　结业　吃饭　放心　放假

> 挂号　烤鸭　排队　起床　散步　跳舞　唱歌　开车　看病　罚款

六、教师参考语法、词汇、汉字知识

语法知识

1．存现句用来描述某个处所有什么人或事物出现或消失。跟用"是"、"有"及"гл. ＋着"表示存在的句子一样,句首是作为主语的处所词语,是描述的对象,所以,一般不加"在"、"从"等介词。而一般动词谓语句中,处所词表示动作发生的地方,不是句子描述的对象,常常要加"在"、"从"等介词,做句子中的状语。试比较:"舞厅里又出来了两个小伙子"(存现句)与"两个小伙子从舞厅里出来了"(一般动词谓语句)。

存现句动词为不及物动词,常常是与人体或物体的位置移动有关的词语,如"走、跑、来、开(车)、生、死、丢"等。这类动词也很少单独使用,后边要带趋向补语、结果补语或者"了"。

存现句的宾语是出现或消失的人或事物,是新信息,所以前边常有数量词。

表示人或事物出现、消失的句子,有时在句首出现时间词语,如"昨天家里来了两个朋友"。时间词"昨天"是状语,主语仍为处所词"家里"。

2. 情态补语描述或评价主语所代表的人或事物时,谓语动词或形容词实际上表示原因,"得"后边的补语则表示产生的结果,即这一动作或状态使主语出现了什么情态。例如"他高兴得跳起来",谓语形容词"高兴"是原因,补语"跳起来"是产生的结果,也就是使主语"他"出现的情态。再如"水果洗得干干净净的",谓语动词"洗"是原因,"干干净净的"是产生的结果,也就是使主语"水果"产生的情态。我们还可以看出,主语可能是施事或当事(如前一句的"他"),也可能是受事(如后一句的"水果")。

这类带情态补语的句子,实际上包含两层意思:"他高兴得跳起来"包含"他很高兴"和"他跳起来";"水果洗得干干净净的"包含"水果洗了"和"水果干干净净的"。

3. 本课介绍"又……又……"结构,表示两种或多种动作同时发生,也可以表示两种或多种性质或状况同时存在。当表示前一层意思,即多种动作同时发生时,与第二十七课介绍的"一边……,一边……"有相同之处,如:"他们又唱又跳",也可以说"他们一边唱,一边跳"。但后一层意思,即多种性状存在于同一事物中,不能用"一边……,一边……"表示,如:"这个姑娘又年轻又漂亮",不能说:⊗"这个姑娘一边年轻,一边漂亮"。

词汇知识

本课生词"叫做"指名称时,与"叫"的意思一样。口语中多用"叫",书面语中用"叫做"。

汉字解说

跳,足字旁,表示动作跟脚有关。

简,竹字头,"间"是读音。古代写字用竹片,叫竹简。后人把信叫书简。借用为形容词表示简单。

围,国字框,表示把四边拦起来,"韦"是读音。"围"作为动词,是"包围"的意思。名词有"围巾、围墙"。

桥,木字旁,表示古代的"桥"与木头有关。"乔"是读音。

爱,爪字头,下边是"友"。用手拿着东西送给朋友表示感情很深。如"热爱、爱情、爱人"。注意跟"受"字区别,"受"下边是"又"。

厅,厂字头,表示跟房子有关。如"餐厅、舞厅、音乐厅"。

七、《综合练习册》中听力练习的录音材料及部分练习的参考答案

Задания по аудированию и практике устной речи

2. Прослушайте вопросы и обведите правильный ответ в соответствии с текстом.

    (1) 力波现在早上都学习什么?

        A. 扭秧歌　　　B. 练太极剑　　　C. 中国武术　　　D. 打太极拳

    (2) 马大为说哪儿围着很多人?

        A. 街上　　　　B. 小区里　　　C. 街心花园　　　D. 立交桥下

    (3) 小区里的老人没有哪种休闲方式?

        A. 做操　　　　B. 跑步　　　C. 爬山　　　　D. 去网吧

    (4) 立交桥下的人正在做什么?

        A. 唱京剧　　　B. 下棋　　　C. 扭秧歌　　　D. 带着小狗散步

    (5) 下边哪一个不是这儿的老人的休闲活动的特点?

        A. 非常注意锻炼身体　　　　B. 喜欢全家人在一起活动

        C. 喜欢很多人在一起活动　　　D. 可能互相不认识

3. Прослушайте диалог и определите верны ли следующие утверждения (" + " для верного, " – "для неверного).

    录音:

        女:你喜欢早上锻炼吗?

        男:喜欢。我每天早上都要跑步,有的时候跟爸爸一起练太极剑。

        女:真的吗? 我外婆也会太极剑,我正在学太极剑。

        男:我爸爸还会打太极拳。他也教过我打太极拳。

        女:那太好了,我也向外婆学过太极拳。明天我们比一比,看谁打得更好。

        男:好,明天早上街心花园见。

    (1) 男的不喜欢早上锻炼。　　　　　　　　　　　(–)

    (2) 男的跟爸爸一起扭秧歌。　　　　　　　　　　(–)

    (3) 女的跟外婆学习太极剑。　　　　　　　　　　(+)

    (4) 男的的爸爸只会练太极剑,不会打太极拳。　　(–)

    (5) 他们明天早上一起跑步。　　　　　　　　　　(–)

    (6) 他们明天早上在街心花园见面。　　　　　　　(+)

4. Прослушайте звукозапись и заполните пропуски.

(1) 现在晚上十点＿＿＿，街上人很少。（了）

(2) 街上的人们＿＿＿唱＿＿＿跳，玩儿得真高兴。（又……又……）

(3) 立交桥下，有许多人在做运动，有唱京剧＿＿＿，下棋＿＿＿，散步＿＿＿。（的）

(4) 以前他们很忙，＿＿＿他们退休了，休闲的时间也多了。（现在/后来）

(5) 我看别人下棋，看＿＿＿忘了吃饭。（得）

5. Прослушайте звукозапись и напишите предложения, используя пиньинь.

(1) 他们一边跳舞，一边还敲锣打鼓，玩儿得真高兴。

(2) 那边走来的人是练太极剑的。

(3) 网吧里进进出出的都是年轻人。

(4) 听到这个好消息，我高兴得说不出话来。

(5) 年轻人的休闲活动比老年人多。

6. Прослушайте звукозапись и напишите предложения иероглифами.

(1) 又唱又跳

(2) 当然可以

(3) 咱们过去看看

(4) 这真有意思

(5) 最重要的是……

7. Разыграйте по ролям.

Прослушайте звукозапись и составьте диалог с вашим партнером по образцу.

Попробуйте узнать смысл диалога с помощью друзей, преподавателей и словарей.

录音：

(1) A：那边在下棋，咱们也过去看看。

B：这么多人下棋？

A：只有两个人下棋，别的人都是看下棋的。

B：我们不认识他们，可以去看吗？

A：当然可以。不但可以看，而且还可以跟他们一起下。

B：这很有意思。我看过一本书，说中国象棋有2000多年的历史了。

A：是啊，象棋是从战国时候开始有的，唐代就很受欢迎，宋代人下象棋的规则跟现在差不多。现在，从老人到孩子，很多人都喜欢下棋。它已经成了一种很好的体育活动了。

（2）A：早上好，这么早，您去哪儿？

B：我去爬山，退休以后，我跟几个老朋友一起，每个星期六早上都去爬山。你看，对面来了几个人，就是他们。你也跟我们一起去爬爬山，怎么样？

A：爬山是很好的活动，对心脏很有好处。不过，我已经参加练太极拳了，星期六早上没有时间。以前我常常感冒，走路也不太方便。后来，我就跟大家一起练太极拳。已经练了两年多了，现在我身体比以前健康了。

B：好啊！一边听着音乐，一边慢慢地打拳，太极拳是很好的活动。不但中国人喜欢，不少外国人也很喜欢打太极拳。

Задания по чтению и написанию иероглифов

11. Выберите правильные ответы.

（1）你还是复习一下吧，____明天考试的时候你就不会做题了。

    A. 所以   <u>B. 要不</u>   C. 而且   D. 可是

（2）我去年八月回过一次国，____就再也没回去过。

    <u>A. 后来</u>   B. 从来   C. 将来   D. 未来

（3）语言学院有很多留学生，有美国____，有欧洲____，有亚洲____，还有非洲____。

    A. 地   B. 得   <u>C. 的</u>   D. 了

（4）衣服洗____干干净净的。

    A. 地   <u>B. 得</u>   C. 的   D. 了

（5）爸爸七十岁____，可是身体还是很强壮。

    A. 地   B. 得   C. 的   <u>D. 了</u>

第三十一课　中国人叫她"母亲河"

一、教学目的

1. 掌握本课重点句型和重点词语用法

（1）"万"以上称数法

（2）概数

（3）兼语句（2）："有人敲门"

（4）只要……，就……

（5）有 + об. числ. со сч. сл.（ + прил.）

（6）叫 + доп.₁ + доп.₂

（7）像 + им. об. + 一样

2. 掌握本课"表示鼓励"、"询问事物的性状"、"描写景色"等功能项目,能初步就询问事物的性状和描写某处的景色进行交际。

3. 掌握本课的生词与汉字。

二、教学步骤建议（略）

三、内容说明

1. 兼语句（2）、"有 + об. числ. со сч. сл.（ + прил.）"和概数是本课的重点语法。

2. 第十三课已介绍过第一个动词为"请"、"让"等使令意义动词兼语句,这是最基本、用得最多的兼语句。本课介绍的是第一个动词为"有/没有"的兼语句,这类兼语句常常没有主语。这种句式从结构上掌握并不难,难在如何让学习者习惯于使用它。这种句子常用于叙述一个故事,如"从前有一个老人住在山上……"日常生活中也常用到,如"有人来找你"。这类句子的另一个特点是"有"的宾语（即兼语）前边常用数量词"一个"、"几个"或"很多"、"一些"等做定语,但不能用"这个"、"那个"做定语。如"有（一个）人给你打电话",不能说:⊗"有那个人给你打电话"。

3. "有 + об. числ. со сч. сл.（ + прил.）"用来表示某一物体有多大、多长、多高、多重等。这是日常生活中常用的句式。这一句式与第二十八课介绍的用动词"有"表示比较的句式"X + 有/没有 + Y + прил."结构基本相同。如:

　　她妹妹有多高?　　　　　　　　（本课句式）

她妹妹有一米七了。　　　　（本课句式）

　　她妹妹有姐姐高了。　　　　（第二十八课句式）

　　第二十八课句式用于在大、长、高、重方面进行比较；本课句式用来具体表示出在这些方面的数量。

　　4. 本课介绍了用"几"、"多"或相邻的两个数字等最基本的概数表示法，要求能掌握。"万"以上的称数法只要能读出课本中出现的大数字就可以。

　　5. "叫＋доп.₁＋доп.₂"是又一种双宾语句。这种双宾语句用来表示某一事物有什么称谓，其谓语动词，常常是"叫"、"称"等，第一个宾语是所指的事物，第二个宾语是它的称谓。我们已经学过"给"、"送"型的双宾语句（第十课），也学过"教"、"问"型的双宾语句（第十一课），它们的结构都一样，不难掌握。

　　6. 课文（一）中"我们着急得吃不下饭，睡不好觉"，是带可能补语的句子。本课只要求学习者理解其意思，不要求通过练习来掌握这种句式。可能补语将在第三十三课和第三十六课介绍。

四、《课本》语法与注释

1. "万"以上的称数法

　　汉语的位数词有：（个）、十、百、千、万。数目在"万"以上时，又以"万"为单位称数，它的读法是：万、十万、百万、千万、万万（即"亿"）。万万（亿）以上以"亿"为单位。例如：

　　…… 十 万 千 百 十 万 千 百 十（个）

　　　　亿 万 万 万 万

　　　　　　　　　 1 0 0 0 9　　读作"一万〇九"，不能读作"十千〇九"

　　　　　　　 2 5 0 0 0 0　　读作"二十五万"，不能读作"二百五十千"

　　　　　　 1 7 5 9 9 9 8　　读作"一百七十五万九千九百九十八"

　　　　 4 1 6 8 3 0 0 0　　读作"四千一百六十八万三千"

　　 1 2 9 0 0 5 7 0 2 0　　读作"十二亿九千〇五万七千〇二十"

注意：

（1）多位数中间有空位时补零，不管空几位，只读一个"零"，如 1,0009 读作"一万零九"。

（2）末位为"个位"时，"个"可省略，但其他位数词不能省略，如 1,0500 读作"一万零五百"。

2. 概数

（1）用"几"表示概数

几 + сч. сл. + сущ.　　　　　　　　　　他买了几本书。

几 + 十/百/千/万/亿 + сч. сл. + сущ.　　今年语言学院来了几百个留学生。

十 + 几 + сч. сл. + сущ.　　　　　　　　前边来了十几个人。

　　　　　　　　　　　　　　　　　　　这辆车用了二十几万块钱。

（2）用"多"表示概数

A. "多"放在十位以上的整数之后表示零头。如：

十/百/千/万 + 多 + сч. сл. + сущ./прил.

10	多	本	词典
1000	多	岁	
8800	多	米	高
1200	多	年	历史
250	多	块	钱

B. "多"放在个位数或含个位的多位数以及量词之后，表示个位数以下的余数。如：

числ. + сч. сл. + 多（ + сущ.）

两	斤	多	葡萄
十四	米	多	白布
一	个	多	月
25	个	多	小时

（3）用相邻的两个数字构成概数。如：一两个、二三十、四五百、六七千、八九万、三四十万……

3. 兼语句(2)

由动词"有"构成的兼语句，"有"的宾语（即第二个动词的主语）一般是表示存在的人或事物。这类句子常常没有全句的主语。

| подлежащее | сказуемое | | | | |
	гл.₁"有"	доп.₁	（подлеж.₂)	гл.₂	доп.₂
	有		人	敲	门。
	有	多少	人	参加	比赛？
	没有		人	给你 打	电话。
	有	几个	朋友	想去	旅游。
黄山	有	一棵	树	叫做	"迎客松"。

4.只要……,就……

"只要"用在第一分句主语前或后,表示必要条件,"就"(有时省略)引出结果。
例如:

你们只要认真准备,就会得到好的成绩。

同学们只要每天都练,就一定能把字写好。

只要你喜欢旅游,每个假期都有地方去。

只要天气好,我们就一定去。

5. 有 + об. числ. со сч. сл.（ + прил.）

"有 + об. числ. сосч. сл.（ + прил.）"用来估计事物在某一性质（прил.）方面达到一定的数量。表示性质的形容词一般都是"大、高、长、重"等。这种句子常用"有 + 多 + прил."来提问。例如:

香港的面积有多大?	香港的面积有 1068 平方公里。
珠穆朗玛峰有多高?	珠穆朗玛峰有 8800 多米高。
长江有多长?	长江有 6300 多公里长。
这些苹果有多重?	这些苹果有 5 斤多重。
他有多大(岁数)?	他有三十多岁。
他有多高?	他有一米八五高。

否定用"没(有)",如:

他没有三十岁。

他没有一米八五高。

6. 叫 + доп.₁ + доп.₂

动词"叫、称"等做谓语可构成表示称谓的双宾语句。例如:

林娜叫丁力波"老画家"。

你可以叫出租汽车司机"师傅"。

大家称他园艺师。

7. 像 + им. об. + 一样

"像"在这里是介词。"像 + им. об. + 一样"的用法与"跟 + им. об. + 一样"差不多。例如"白云就像大海一样"也可以说成"白云就跟大海一样"。

五、《课本》"字与词"知识

构词法(5):主谓式

后面的字陈述前面的字义。例如:年 + 轻→年轻。如:圣诞、水平、头疼等。

六、教师参考语法、词汇、汉字知识

> **语法知识**

1. 概数的表示法

当说话人不知道准确的数目、不愿意或者无须说出准确数目时,常用概数来表达。

疑问代词"几"可用来表示"十"以下的概数。它可以单独用,如"几本书"、"您几位",也可以用在"十、百、千、万、亿"等之前,如"几十个人"、"几千块钱",或者放在"十"以后,如"十几米"、"十几公里"等。一般后边都要有量词。

"多"用来表示比前边的数词所表示的数目略多。

两个相连的数字连用,也可以组成概数。一般小的数目在前,大的在后,如"七八岁"、"十五六个"、"三四百斤"等。注意,"九"和"十"不能连用,不能说:⊗"九十个"。

不相连的数字"三"和"五"也可以表示概数,如"三五天"、"三五百人"。

表示概数的方法还很多,如数词后边加上"来"、"左右"、"前后"、"上下"等,本课暂不介绍。

2. 第一个动词为"有"的兼语句,兼语后边的谓语除了一般动词短语外,也可以由其他短语构成。例如:

桌上有一本新书是老师的。　　　("是"字短语)

有一种围巾 50 块钱。　　　　　(名词短语)

有一条小狗跑过来了。　　　　　(带趋向补语)

有个同学汉语特别好。　　　　　(主谓短语)

3. "只要……,就……"属于条件复句中的特定条件句。

> **词汇知识**

1. 我们早就学过"觉得"(第十七课),本课又出现了"感觉"。这两个词都可以用作动词,表示人对客观因素或条件的感受。但是口语中"觉得"用得多一些。例如:

你觉得怎么样?

你感觉怎么样?

我觉得有点儿冷。

我感觉有点儿冷。

当着重表示个人的想法、看法时,一般用"觉得"(意思相当于下一课要介绍的"认为"),不用"感觉"。例如:

我觉得你不应该去。　　　(⊗我感觉你不应该去)

你觉得这次比赛能赢吗?　　(⊗你感觉这次比赛能赢吗?)

"感觉"可以用作名词,"觉得"不能。例如:

你有什么感觉？　　　　　　　　　（⊗你有什么觉得？）

不同的人看,感觉也不一样。　　　（⊗不同的人看,觉得也不一样。）

2. 本课出现了"旅游"一词,它是"旅行"和"游览"(下一课要介绍)两个意思的结合。

> 汉字解说

河,"氵"(三点水旁),与水有关。"河"古代专指"黄河",如"河南、河北"。

篮,竹字头,表示"摇篮"是用竹子编的。"君子兰"的"兰"用于花名,上边是"丷"。"蓝色"的"蓝"上边是"艹"(草字头),如"蓝蓝的天、蓝蓝的大海"。

绩,用于表示结果,如"成绩、功绩";迹,用于表示物体留下的印子或前人留下的事物,如"足迹、汗迹、古迹"。

游,有"游"和"遊"两个繁体形式。"游泳"与水有关,繁简汉字一样;"旅游"、"游玩"的繁体应是"旅遊"、"遊玩"。

七、教师参考文化知识:中国的地形

中国的地形有山地、高原、丘陵、盆地和平原,其中山区面积占全国总面积的 2/3 以上。全国的地势是西部高,东部低。最高的第一阶梯是西南部的青藏高原(其中西藏高原是其主要部分),平均高度 4500 米,被称为"世界屋脊"。第二阶梯的高度为 1000—2000 米,分布着内蒙古大草原、黄土高原和云贵高原以及塔里木盆地、准噶尔盆地和四川盆地。第三个阶梯高度在 1000 米以下(大部分是 500 米以下),为从北到南的三大平原——东北平原、华北平原和长江中下游平原以及辽东、山东、江南等丘陵,是中国重要的农业区。

珠穆朗玛峰位于世界屋脊喜马拉雅山脉的中段,在中国和尼泊尔的国境线上,是世界第一高峰。它的山体像一座高耸入云的巨型"金字塔"。峰顶最低气温常在 −30℃ 以下,天气变化很大,常刮飓风。它也是很多登山爱好者攀登的目标。

八、《综合练习册》中听力练习的录音材料及部分练习的参考答案

Задания по аудированию и практике устной речи

2. Прослушайте вопросы и обведите правильный ответ в соответствии с текстом.

(1) 林娜和力波有多少时间准备参加"中国通知识大赛"?

　　A. 一个月　　　　　　　　　B. 不到一个月

　　C. 一个多月　　　　　　　　D. 二个月

(2) 中国的面积有多大?

　　A. 九百六十四万平方公里　　B. 九百六十平方公里

　　C. 九百六十万平方里　　　　D. 九百六十万平方公里

（3）世界上最高的山峰是哪座山峰？

    A. 喜马拉雅山　　　　　　　　B. <u>珠穆朗玛峰</u>

    C. 泰山　　　　　　　　　　　D. 黄山

（4）中国人把黄河叫做什么？

    A. 爸爸河　　　　　　　　　　B. 父亲河

    C. <u>母亲河</u>　　　　　　　　　　D. 妈妈河

（5）下边哪一个景色不是黄山的？

    A. 迎客松　　　　　　　　　　B. <u>长城</u>

    C. 云海　　　　　　　　　　　D. 奇峰

3. Прослушайте диалог и определите верны ли следующие утверждения （" + " для верного，" – "для неверного）.

录音：

    女：你知道下星期有"中国通知识大赛"吗？

    男：我听说了，好像每个留学生都可以报名参加。

    女：那太好了，我一定要参加。我希望能学到很多关于中国的知识。

    男：我也是这样想的。可是我汉语还学得不好。我在这儿才学了三个月。

    女：我觉得你现在汉语说得已经很不错了。而且我觉得只要你努力准备，就一定会得到好的成绩。不是有句话叫"重在参与"吗？就是说参加是最重要的。

    男：好，我们也"重在参与"，从今天开始我就好好努力。如果我有不明白的地方，你要帮助我啊！

    女：没问题。

（1）参加大赛的都是汉语水平高的留学生。　　　　　　（ － ）

（2）女的觉得自己的汉语学得不好，所以决定不参加。　（ － ）

（3）男的已经在这儿学习了三个月的汉语了。　　　　　（ ＋ ）

（4）女的希望男的努力准备。　　　　　　　　　　　　（ ＋ ）

（5）"重在参与"就是参加最重要。　　　　　　　　　　（ ＋ ）

4. Прослушайте звукозапись и заполните пропуски.

（1）珠穆朗玛峰_____八千多米高。（有）

（2）谁说我老了？我还_____三十岁呢！（没有）

（3）中国的人口，一共有十二亿九千_____万人。（多）

（4）_____四十多年以前，语言学院就开始招收外国留学生。（早在）

（5）白云就_____大海_____。（像……一样）

5. Прослушайте звукозапись и напишите предложения, используя пиньинь.

(1) ——北京的面积有多大？

——有 16800 平方公里。

(2) 这个烤鸭有三斤多。

(3) 黄河是中华民族的摇篮，所以中国人叫她"母亲河"。

(4) 听说有二十几个人参加"中国通知识大赛"。

(5) 中国有很多名胜古迹。

6. Прослушайте звукозапись и напишите предложения иероглифами.

(1) 澳门

(2) 珠穆朗玛峰

(3) 泰山

(4) 奇峰

(5) 迎客松

7. Разыграйте по ролям.

Прослушайте звукозапись и составьте диалог с вашим партнером по образцу.

Попробуйте узнать смысл диалога с помощью друзей, преподавателей и словарей.

录音：

(1) 男：快放暑假了，你打算去哪儿玩？

女：听说黄山很美，我打算去看看。

男：黄山？我去过，那儿的景色美极了。

女：真的吗？你能给我介绍介绍吗？

男：好。我这儿现在有一些在黄山照的相片。你看，这就是有名的云海。

女：哇！真像白云的海洋一样。你好像站在云的上边，感觉一定很棒。

男：这棵树就是黄山上最有名的迎客松，导游小姐说它有 1000 多岁了。

女：真的吗？我决定暑假去黄山。

(2) A：你怎么叫你爸爸的妹妹？

B：我叫她姑姑。

A：妈妈的姐姐妹妹呢？

B：我叫她们姨妈。

A：妈妈的哥哥弟弟呢？

B：我叫他们舅舅。

A：中国人把黄河叫做什么？

B：中国人叫她母亲河。

Задания по чтению и написанию иероглифов

11. Выберите правильные ответы.

(1) 你们只要认真准备，_____会得到好的成绩。

    A. 才   B. 就   C. 所以   D. 而且

(2) 中国的名胜古迹少说_____有五六百个。

    A. 没   B. 太   C. 多   D. 也

(3) 你没去_____黄山吗？

    A. 了   B. 着   C. 过   D. 的

(4) 我们这学期要用十_____本书。

    A. 本   B. 少   C. 个   D. 多

(5) 中国_____美国大一点儿。

    A. 和   B. 跟   C. 为   D. 比

第三十二课(复习) 这样的问题现在也不能问了

一、教学目的

1. 复习已学过的重点句型和重点词语的用法

（1）结构助词"的、地、得"

（2）"把"字句小结

（3）副词"就"和"还"

（4）动词"算"

（5）副词"还"（5）

（6）够 + гл.

2. 掌握本课"认识"、"猜测"、"模糊表达"和"解释"等功能项目,能初步就个人的生活、工作、家庭等方面的话题进行得体的交际。

3. 掌握本课的生词和汉字。

二、教学步骤建议(略)

三、内容说明

1. 结构助词"的、地、得"的基本用法到本单元为止在本书中都已出现,本课对这些助词的使用规则做一小结,重点放在什么时候必须用哪一个助词上。

2. 到本单元为止,本书已出现四种常用的"把"字句。本课从:① 结构上必须用"把";②"把"字句带补语;③"把"字句带其他成分等三类进行小结,并加以复习。

3. 到本单元为止,副词"就"和"还"的基本用法在本书中都已出现,本课加以归纳并复习(还有个别用法将在第四册继续介绍)。

四、《课本》语法与注释

1. 结构助词"的、地、得"

（1）"的"是定语的标志,用在定语和中心语之间。

① 名词做定语表示领属关系,一般用"的"。如:

44

爸爸的西服

图书馆的书

如果名词定语是说明中心语性质的,一般不用"的"。如:

中国人

语言学院

英语词典

② 人称代词做定语表示领属关系,一般用"的"。如:

他的车

大家的看法

如果中心语是亲属或单位时,一般不用"的"。如:

她妈妈

我们学院

③ 双音节形容词、形容词短语或形容词重叠做定语一般要用"的"。如:

年轻的姑娘

最好的小伙子

很漂亮的围巾

干干净净的宿舍

单音节形容词做定语一般不用"的"。如:

男朋友

新汽车

大背包

④ 动词或动词短语做定语一般要用"的"。如:

工作的时候

来参观的学生

给妹妹买的礼物

在家里打的电话

⑤ 主谓短语做定语一般要用"的"。如:

宋华买的蛋糕

她送的花儿

头疼的病人

⑥ 介宾短语做定语一般要用"的"。如:

对学校的意见

往北的公共汽车

多项定语排列的次序:

表领属	表指示	表数量		表修饰	表性质	中心语
						词典
						汉语词典
				新	汉语	词典
		两	本	新	汉语	词典
	那	两	本	新	汉语	词典
我的	那	两	本	新	汉语	词典

（2）"地"是状语的标志，用在状语和谓语动词之间。

描写性状语一般要用"地"，如双音节形容词、形容词短语或形容词重叠做状语一般要用"地"。例如：

> 热情地欢迎
>
> 非常努力地学习
>
> 认认真真地工作

但是，单音节形容词做状语一般不用"地"。如：

> 慢走
>
> 多演奏
>
> 早回家

（3）"得"是补语的标志，用在谓语动词或形容词和情态补语、程度补语之间。例如：

① 动/形 + 得 + 情态补语

> 跑得很快
>
> 写得更漂亮
>
> 高兴得跳了起来

② 动 + 得 + 程度补语

> 忙得很
>
> 喜欢得很
>
> 舒服得多

2. "把"字句小结

（1）подлеж. + 把 + доп._把 + гл. + 在/到/给/成 + доп.

> 他们把大块的食物放在盘子里。
>
> 宋华把客人送到车站。
>
> 丁力波把他买的京剧票送给王小云。
>
> 他把这本书翻译成英文了。

（2）подлеж. ＋ 把 ＋ доп.把 ＋ гл. ＋ дополнительный член

      林娜把今天的练习做完了。　　　　　（结果补语）

      王小云把照相机带回家去了。　　　　（趋向补语）

      她把杯子洗得干干净净的。　　　　　（情态补语）

      他把你写的信看了两遍。　　　　　　（动量补语）

（3）подлеж. ＋ 把 ＋ доп.把 ＋ гл. ＋ другие члены

      你把这杯酒喝了。（动词后加"了"）

      您把语言学院的情况给我们介绍介绍。（动词重叠）

注意：

① "гл. ＋ 在/到/成/给 ＋ доп."，结构上就必须用"把"字句。

② 为凸显动作行为对宾语处置的结果，一般都用"把"字句。如上边（2）和（3）类。

③ 否定副词或能愿动词必须放在"把"字的前边。如：

      她没有把你给她买的礼物送给妹妹。

      王小云想把这本书翻译成中文。

3．副词"就"和"还"

"就"：

（1）强调事实

      这就是张教授。

      我就买这件。

（2）事情发生得早、快

      刚七点，他就来了。

      我马上就回来。

（3）表示承接

      他们觉得有点儿累，就坐下来休息一会儿。

      今天的课文我不太懂，就去问老师。

（4）两件事相接很紧

      我下了课就去买盆花。

      他们吃了晚饭就去公园散步。

（5）事情快要发生

      就要下雨了。

      就要放假了。

"还"：

（1）有所补充

      他喜欢书法，还喜欢京剧。

      大家还有问题吗？

（2）动作行为继续

　　已经十一点了，他还在做练习。

　　你明年还想学中文吗？

（3）表示勉强

　　他的成绩还可以。

　　这个电影还行。

（4）更进一层

　　他比他哥哥还高。

　　我丢了自行车，他比我还着急。

（5）出乎意料

　　张教授还是个书法家呢！

　　他还画过油画呢！

4．动词"算"

"算"表示"认为、当做"，有时"算"后边还可以加"是"。如：

　　今天不算热。

　　他这次考试算是很好了。

5．副词"还"（5）

副词"还"（5）表示勉强达到一定的水平或标准，不是很好，也不是很坏。如"还可以"、"还好"、"还不错"、"还凑合"等。

6．够 + гл.

"够 + гл."（动词常为单音节）表示达到需要的数量。例如：

　　他每月的工资够用了。

　　我们带两瓶水够喝了。

"够 + A"表示达到标准或程度。例如：

　　这块布够长了，可以做一件衣服。

　　他已经够忙了，你别再去麻烦他了。

五、教师参考语法、词汇、汉字知识

　　语法知识

1．限制性定语和描写性定语

　　从定语所表示的语法意义来看，可以分为两大类：限制性定语和描写性定语。限制性定语是指从数量、时间、处所、归属等方面对中心语加以限制的定语，它的作用是指出

中心语所表示事物的范围。这类定语有区别的作用,强调与别的事物不同。例如:

这二斤苹果是他买的。

我们系有九位教授。

秋天的北京特别美。

左边的桌子是我的。

描写性定语指从性质、状态、特点、用途、质料、职业、人的穿着打扮等方面对中心语加以描写的定语,这类定语只说明事物本身是"什么样的"。例如:

他买了一件绿色的旗袍。

我朋友是一位很认真的人。

我要借一本学习书法的书。

这是一条中国丝绸围巾。

一般说来,在同一个句子中,限制性定语排列在前,描写性定语在后。

2. 定语与"的"

定语的后边是否带"的",这是一个十分复杂的问题。它受到多方面因素的影响,而且在长期的语言实践中形成了比较固定的规则,一般不能随意改变,学习者需要逐个掌握。大体上说来,定语带"的"的问题与下列因素有关:

(1)与定语音节有关。双音节形容词做定语,一般要用"的"。单音节形容词做定语,一般不加"的"。

(2)与定语和中心语的语义结构有关。为避免语义产生误解,动词、动词短语、主谓短语做定语一般要用"的"。

(3)与定语所表示的语法意义有关系:表领属性的定语常常用"的";描写性的定语用"的"也较多,限制性的定语不用"的"较多。

3. 情态补语和状语

形容词既可以做情态补语说明动词,也可以做状语修饰动词,两者在用法上有区别:

(1)情态补语多用来说明事实,即动作的实际情况;状语则常常强调施动者主观上加以什么方式或态度行动,例如:

他应该多写汉字。(⊗他应该写汉字写得多。)

他汉字写得不多。

他学太极拳学得很认真,我也要认真地学。(⊗我也要学得很认真。)

(2)情态补语多用来说明已经发生的事情或经常发生的事情;状语则还可以说明尚未发生的事情。例如:

他每天都来得很晚,老师让他明天早点儿来。(⊗老师让他明天来得早。)

我以前学过中国画,但是画得不好;今年夏天我要好好地学一学。

(⊗今年夏天我要学得很好。)

1. "游览"是"边走边看"的意思,"旅游"是"旅行游览"的意思。当说明在某地点的具体活动时,应该用"游览",如"我们游览了长城"(不能说:⊗"我们旅游了长城")。"旅游"一般不带宾语,而要说"在中国旅游",或者"到广州旅游"(不能说:⊗"我旅游中国"或者⊗"我旅游广州")。

2. "称呼"和"叫"都可以引出名称。"称呼"更为正式,更礼貌,一般用于对方,而不用于自己,如:

  怎么称呼您?

  我叫马大为。

称呼还可以用作名词,如"正式称呼"、"礼貌的称呼"。

3. 我们学过"赏月"、"赏花"。动词"赏"与宾语的搭配不是随意的,是有限的(宾语一般也是单音节名词)。平时用得较多的是"欣赏",可以欣赏自然景色,欣赏美好的事物,也可以欣赏各种艺术作品,还可以欣赏一些行为、做法等。

4. "美丽"和"漂亮"都有"好看"的意思,"美丽"只能用来描写女人,不能用于男人(可以说:"漂亮的小伙子",不能说:⊗"美丽的小伙子")。"美丽"还可以描述内在的、抽象的事物,如"美丽的心灵"、"美丽的国家"等,"漂亮"一般不这样用。

5. "认为"和"以为"(第二十五课)都表示对人或对事物的看法、态度或判断,但意义有所不同。"以为"强调主观的看法,语气不十分肯定,有的时候还可能是片面的,不符合实际的。"认为"所表示的看法常常是经过思考分析得出的,语气比较肯定。例如:

  刚才我还以为你被汽车撞了。(你没有被汽车撞)

  下雨了,我以为他不会来了。(他来了)

  我们认为这是个人的隐私。(这是我们的看法)

"认为"既能用于重大事情,也能用于一般的事情;"以为"通常用于一般的事情。"认为"的主语可以是个人或某些人,也可以是集团、组织甚至政党、国家等。"以为"的主语一般多用于个人或某些人。

差,是多音字。"差不多、差5分8点、成绩差","差"读 chà;"差别、差错","差"读 chā。

婚,女字旁,"昏"是读音。婚,指男女正式结为夫妻,如"结婚、已婚、新婚、婚礼"。

网,古字像用麻线编织的渔网。"网络"是比喻用法。

背,是多音字。"背"为名词时,读 bèi,如"背后、背景"。背"为动词时,读 bēi,如

"背着孩子、背书包"。

六、《综合练习册》中听力练习的录音材料及部分练习的参考答案
Задания по аудированию и практике устной речи

2. Прослушайте вопросы и обведите правильный ответ в соответствии с текстом.

（1）马大为在爬山的时候遇到了谁？

    A. 宋华   <u>B. 小马</u>   C. 老马   D. 大马

（2）下面哪个问题不是小马问大为的问题？

    A. 岁数   B. 在哪儿工作

    <u>C. 从哪个国家来中国</u>   D. 结婚没有

（3）大为问小马的工资，小马是怎样回答的？

    A. 很高兴地回答   B. 说别的事情，好像没听见

    C. 不回答   <u>D. 马马虎虎地回答</u>

（4）大为对中国朋友的什么习惯觉得不高兴？

    A. 叫他老马   <u>B. 问别人的隐私</u>

    C. 见面问"吃了吗？"   D. 叫外国人"老外"

（5）中国人为什么喜欢问个人的一些问题？

    A. 习惯   <u>B. 关心</u>   C. 好奇   D. 想做个朋友

3. Прослушайте диалог и определите верны ли следующие утверждения （" + " для верного," – "для неверного）.

录音：

    女：你好，请问去语言学院怎么走？

    男：语言学院？哦，一直往前走，走到前边那个十字路口，你就能看见一个大大的 M，那是一家麦当劳店。然后你就往左拐，再往前走四五百米，就能看见语言学院。它就在你的右边。

    女：对不起，我没有记住，您能再说一遍吗？

    男：我看这样吧。我也要到那边去，我带你过去吧。

    女：那太感谢您了。

    男：你是在语言学院学汉语吧。这儿每年都有很多外国留学生。我看你是从西方来的学生吧。

    女：啊，对不起，我来语言学院看一个朋友。我不是这儿的学生。

    男：你的汉语说得还不错。是在哪儿学的啊？

    女：在我们国家学的。我们学校有一位从语言学院来的老师，她教我们汉语。

    男：哦。你们在外国学汉语一定很贵吧？学费多少啊？

女：我也不太清楚。今天的天气很热。

男：可不是，北京夏天的天气就是这样……

(1) 女的要去北大找她的朋友。　　　　　　　　　　　(－)

(2) 语言学院离这儿不太远。　　　　　　　　　　　　(＋)

(3) 女的打算在语言学院学汉语。　　　　　　　　　　(－)

(4) 男的想知道在国外学汉语要交多少学费。　　　　　(＋)

(5) 女的说天气很热，是因为她真的觉得很热。　　　　(－)

4. Прослушайте звукозапись и заполните пропуски.

(1) 咱们一起_____上爬吧。(往)

(2) 我看你的岁数_____我的差不多。(和/跟)

(3) 你汉语说_____真棒。(得)

(4) 那你得_____工作_____挣钱吧？(一边……一边)

(5) _____上不足，_____下有余。(比……比)

5. Прослушайте звукозапись и напишите предложения, используя пиньинь.

(1) 您怎么称呼？

(2) 我在一家网络公司工作。

(3) 咱们去那儿照张相吧。

(4) 我非常欣赏黄山的景色。

(5) 他们问得我没办法回答。

6. Прослушайте звукозапись и напишите предложения иероглифами.

(1) 工资收入还凑合

(2) 名不虚传

(3) 真地道

(4) 个人隐私

(5) 够花了

7. Разыграйте по ролям.

Прослушайте звукозапись и составьте диалог с вашим партнером по образцу.

Попробуйте узнать смысл диалога при помощи друзей, преподавателей и словарей.

录音：

(1) A：你有爱人和孩子没有？

B：对不起，我现在还在上大学呢。明年才毕业。

A：哦，我明白了。毕业以后，你还要考研究生吧？

B：是的，还要考研究生。

（2）A：我认为一个人的岁数、收入、家庭人口、结婚情况什么的，都算是个人的隐私。别人愿意说，你可以听着；如果别人不想说，这些问题就不能问。

　　B：在中国，以前人们在聊天时，这些问题都可以问，比如问对方的工资收入情况，这是表示关心和友好。现在有了很大的变化，好像这样的问题也不能问了。

　　A：这样很好。聊天可以聊天气、聊文化艺术、聊日常生活什么的。你说对不？

　　B：你说得很对。

Задания по чтению и написанию иероглифов

10. Выберите правильные ответы.

（1）她能不能来参加晚会（вечеринка），得_____她心情好不好。
　　　A. 想　　　　　B. 听　　　　　C. 看　　　　　D. 问
（2）我喜欢喝可乐_____。
　　　A. 什么　　　　B. 的　　　　　C. 什么的
（3）他学习已经_____努力了。
　　　A. 不　　　　　B. 要　　　　　C. 够　　　　　D. 没
（4）他爸爸是唱京剧_____。
　　　A. 的　　　　　B. 地　　　　　C. 得
（5）你_____多穿一些衣服，外面很冷。
　　　A. 的　　　　　B. 地　　　　　C. 得

第二十七～三十二课单元测试(笔试)

班级：Учебная группа _____

姓名：Имя и Фамилия _____

成绩：Оценка _____

一、请听句子并填写汉字。(12%)

Прослушайте предложения и напишите пропущенные иероглифы.

(共12题,每题1分,共12分)

1. 他们跳_____跳得全身出_____。
2. 你们只要认真_____,就一定能得到好的_____。
3. 林娜喜欢_____这条漂亮的_____。
4. 宿舍的_____上_____着一幅中国画。
5. 老师让我们_____课文翻译_____英文。
6. 他有一件_____想在圣诞节_____王小云。
7. 对他们_____,这儿太_____了。
8. 锻炼的时候,他就_____或者_____。
9. 听说这次参加_____的有三十_____个人。
10. 他们公司的_____不太高,也不_____太低。
11. 对面的_____花园里,走_____很多人。
12. 他问你这么多问题是_____你,也是有点儿_____。

二、请找出下列汉字的意义。(6%)

Выберите подходящие иероглифы по их значению.

(共12题,每题0.5分,共6分)

汉字 иероглиф	意义 значение
(　) 1. 餐	a. обед
(　) 2. 品	b. метод
(　) 3. 爱	c. сердце
(　) 4. 动	d. любоваться
(　) 5. 休	e. отдыхать
(　) 6. 母	f. старый
(　) 7. 知	g. кушанье

（　　）8. 游　　　　　　　　h. двигаться

（　　）9. 赏　　　　　　　　i. любить

（　　）10. 法　　　　　　　j. знать

（　　）11. 心　　　　　　　k. путешествовать

（　　）12. 老　　　　　　　l. мать

三、请用所给的词组成句子。(12%)

Составьте предложения с данными словами и словосочетаниями.

(共6题, 每题2分, 共12分)

1. 样子　跟　这件　差不多　的　衣服　那件

2. 没有　忙　他们　时间　下棋　得　以前

3. 盘子　在　放　月饼　把　他　里

4. 整整齐齐　上　多　古书　放　地　书架　很　着

5. 大　没有　面积　的　俄罗斯　那么　中国

6. 前门　地方　有　听说　一个　北京　叫做

四、请选择正确的答案。(8%)

Выберите правильные ответы.

(共8题, 每题1分, 共8分)

1. 张教授_____喜欢修整盆景。

　　A. 太　　　　　B. 才　　　　　C. 是　　　　　D. 再

2. 这幅字比那幅写得_____好。

　　A. 很　　　　　B. 最　　　　　C. 比较　　　　D. 更

3. 他让他儿子把门开_____。

　　A. 上　　　　　B. 开　　　　　C. 好　　　　　D. 去

4. 你快通知他，_____他不会知道这件事儿。

　　A. 所以　　　　B. 要不　　　　C. 而且　　　　D. 可是

5. 他说话的声音很小，可是我们都听_____清清楚楚的。

　　A. 得　　　　　B. 地　　　　　C. 的　　　　　D. 了

6. 每天来这儿参观的人少说_____有两三千人。

    A. 还   B. 也   C. 就   D. 才

7. 能不能得到好成绩得_____他们准备得认真不认真。

    A. 看   B. 听   C. 想   D. 问

8. 他们学校的情况_____是比较好的。

    A. 看   B. 想   C. 算   D. 听

五、请用下列词语造句。（20%）

Составьте предложения с данными словами.

（共 10 题，每题 2 分，共 20 分）

  1. 写在

  2. 比如

  3. 之一

  4. 好记

  5. 够用

  6. 认认真真

  7. 包括

  8. 只要……就……

  9. 又……又……

  10. 一边……一边……

六、判断下列句子的语法是否正确。（14%）

Определите, правильны ли следующие предложения с точки зрения грамматики（" +"для правильного," –"для неправильного）.

（共 14 题，每题 1 分，共 14 分）

（   ）1. 我的电脑没有你那么好。

（   ）2. 他每天都游泳游泳。

（   ）3. 这本小说是我最喜欢的小说之一。

（   ）4. 要学好书法就应该更多练习。

（   ）5. 他送这本书到老师那儿。

（   ）6. 我今天复习了两多个小时。

（   ）7. 在桌子上放着很多书。

（   ）8. 请你把这件衣服洗一洗。

（   ）9. 他放这本词典在那本词典的旁边。

（   ）10. 我现在头不疼了。

（   ）11. 我已经把本子上写上我的名字了。

（   ）12. 他不是知道出发的时间呢?

（   ）13. 很早以前,一个孩子喜欢画画儿。

（   ）14. 那边开来了他的车。

七、阅读下面的短文并完成练习。(18%)

Прочитайте следующий маленький текст и выполните задания.

(1) 填空

Заполните пропуски.

(共12题,每题1分,共12分)

　　我到美国留学的第四天就是情人节(День Валентина)。我知道情人节在西方是一个重要的节日。那天下＿＿＿＿课,我就一个人到街上走走。在一家商场里我看＿＿＿＿一件很有特色的衬衫,我＿＿＿＿想该不该买的时候,听到后边＿＿＿＿人用汉语说:"小姐,这件衬衫＿＿＿＿你很合适。你穿了一定很漂亮。"我回头一看,是一个美国小伙子。我觉得很奇怪:他是谁? 我不认识他啊! 小伙子笑＿＿＿＿对我说:"你好,我叫吉米。我在北京学习过两年中文,我非常喜欢北京。"听到美国人说这么流利的汉语,而且他还去过北京,我很高兴。我们在商场里＿＿＿＿走＿＿＿＿聊。我们从美国聊到中国,从生活习惯聊到学习中文……一会儿,我们已经走到六楼。看到那儿有卖花的地方,吉米对我说:"请等我一下。"我想,今天是情人节,他可能要＿＿＿＿他女朋友买花。一会儿,他拿着一束花儿走过来,＿＿＿＿花放到我的手上,很认真＿＿＿＿对我说:"这是给你的花儿。"我没有想到他会这么做,不知道该怎么办,只说了一句:"为什么?"小伙子说:"为今天的节日,也为我认识了一位漂亮的姑娘。这是我的名片,上边有我的电话和地址。我可以知道你的电话和地址吗? 我可以给你打电话吗?"

　　我觉得＿＿＿＿奇怪了。这儿的小伙子就是这样找女朋友的吗?

(2) 回答问题

Ответьте на вопросы.

(共3题,每题2分,共6分)

1. "我"是什么人?"我"在美国生活了多长时间了?

2. 小伙子为什么送"我"一束花儿?

3. "我"为什么不知道该怎么办?

57

八、请写一段短文,说说你的业余爱好或者休闲活动。下面的词或短语可作为写作
提示。(10%)

Напишите небольшое сочинение о своем хобби или занятии в свободное
время. В помощь можно использовать предложенные слова и обороты.

(共1题,10分)

喜欢 爱好者 每天 越来越 以前 后来 向 提高 水平 有意思
跟……一起 练 忘了 比赛 成绩

第二十七～三十二课单元测试(笔试)
教师参考答案

一、请听句子并填写汉字。

 1. 他们跳舞跳得全身出<u>汗</u>。

 2. 你们只要认真准备,就一定能得到好的<u>成绩</u>。

 3. 林娜喜欢<u>戴</u>这条漂亮的<u>围巾</u>。

 4. 宿舍的<u>墙</u>上<u>挂</u>着一幅中国画。

 5. 老师让我们<u>把</u>课文<u>翻译</u>成英文。

 6. 他有一件<u>礼物</u>想在圣诞节<u>送</u>给王小云。

 7. 对他们<u>来说</u>,这儿太<u>热闹</u>了。

 8. 锻炼的时候,他就<u>跑跑步</u>或者做做操。

 9. 听说这次参加旅游的有三十<u>几</u>个人。

10. 他们公司的<u>工资</u>不太高,也不<u>算</u>太低。

11. 对面的<u>街心</u>花园里,走<u>过来</u>很多人。

12. 他问你这么多问题是<u>关心</u>你,也是有点儿<u>好奇</u>。

二、请找出下列汉字的意义。

汉字 иероглиф		意义 значение	
(g)	1. 餐	a.	обед
(a)	2. 品	b.	метод
(i)	3. 爱	c.	сердце
(h)	4. 动	d.	любоваться
(e)	5. 休	e.	отдыхать
(l)	6. 母	f.	старый
(j)	7. 知	g.	кушанье
(k)	8. 游	h.	двигаться
(d)	9. 赏	i.	любить
(b)	10. 法	j.	знать
(c)	11. 心	k.	путешествовать
(f)	12. 老	l.	мать

三、请用所给的词组成句子。

1. 这件衣服的样子跟那件差不多。

2. 以前他们忙得没有时间下棋。

3. 他把月饼放在盘子里。

4. 书架上整整齐齐地放着很多古书。

5. 中国的面积没有俄罗斯那么大。

6. 听说北京有一个地方叫做前门。

四、请选择正确的答案。

1. 张教授＿＿C＿＿喜欢修整盆景。

    A. 太   B. 才   C. 是   D. 再

2. 这幅字比那幅写得＿＿D＿＿好。

    A. 很   B. 最   C. 比较   D. 更

3. 他让他儿子把门开＿＿B＿＿。

    A. 上   B. 开   C. 好   D. 去

4. 你快通知他，＿＿B＿＿他不会知道这件事儿。

    A. 所以   B. 要不   C. 而且   D. 可是

5. 他说话的声音很小，可是我们都听＿＿A＿＿清清楚楚的。

    A. 得   B. 地   C. 的   D. 了

6. 每天来这儿参观的人少说＿＿B＿＿有两三千人。

    A. 还   B. 也   C. 就   D. 才

7. 能不能得到好成绩得＿＿A＿＿他们准备得认真不认真。

    A. 看   B. 听   C. 想   D. 问

8. 他们学校的情况＿＿C＿＿是比较好的。

    A. 看   B. 想   C. 算   D. 听

六、判断下列句子的语法是否正确。

（ － ） 1. 我的电脑没有你那么好。

（ － ） 2. 他每天都游泳游泳。

（ ＋ ） 3. 这本小说是我最喜欢的小说之一。

（ － ） 4. 要学好书法就应该更多练习。

（ － ） 5. 他送这本书到老师那儿。

（ － ） 6. 我今天复习了两多个小时。

（ － ） 7. 在桌子上放着很多书。

（ ＋ ） 8. 请你把这件衣服洗一洗。

（ － ） 9. 他放这本词典在那本词典的旁边。

（ ＋ ） 10. 我现在头不疼了。

（ － ） 11. 我已经把本子上写上我的名字了。

（ － ） 12. 他不是知道出发的时间呢？

（ － ）13. 很早以前，一个孩子喜欢画画儿。

（ － ）14. 那边开来了他的车。

七、阅读下面的短文并完成练习。

（1）填空

我到美国留学的第四天就是情人节（День Валентина）。我知道情人节在西方是一个重要的节日。那天下＿了＿课，我就一个人到街上走走。在一家商场里我看＿到＿一件很有特色的衬衫，我＿正在＿想该不该买的时候，听到后边＿有＿人用汉语说："小姐，这件衬衫＿对＿你很合适。你穿了一定很漂亮。"我回头一看，是一个美国小伙子。我觉得很奇怪：他是谁？我不认识他啊！小伙子笑＿着＿对我说："你好，我叫吉米。我在北京学习过两年中文，我非常喜欢北京。"听到美国人说这么流利的汉语，而且他还去过北京，我很高兴。我们在商场里＿一边＿走＿一边＿聊。我们从美国聊到中国，从生活习惯聊到学习中文……一会儿，我们已经走到六楼。看到那儿有卖花的地方，吉米对我说："请等我一下。"我想，今天是情人节，他可能要＿给＿他女朋友买花。一会儿，他拿着一束花儿走过来，＿把＿花放到我的手上，很认真＿地＿对我说："这是给你的花儿。"我没有想到他会这么做，不知道该怎么办，只说了一句："为什么？"小伙子说："为今天的节日，也为我认识了一位漂亮的姑娘。这是我的名片，上边有我的电话和地址。我可以知道你的电话和地址吗？我可以给你打电话吗？"

我觉得＿更＿奇怪了。这儿的小伙子就是这样找女朋友的吗？

第二十七～三十二课单元测试(口试)

一、请回答下列问题。（60%）

Ответьте на вопросы.

（共 12 题,每题 5 分,共 60 分）

说明：教师在以下 18 个问题中选取 12 个问题向每个学生提问,根据学生口头回答的语言表现作出综合评定,包括语音表现与词汇、语法的准确性。具体比例如下：语音表现 30% ,词汇准确性 30% ,语法准确性 40% 。

Вопросы:

1. 休息的时候,你喜欢去热闹的地方还是安静的地方? 为什么?
2. 你常去咖啡馆吗? 为什么?
3. 你常去舞厅吗? 为什么?
4. 你会用筷子吗? 你喜欢用筷子吃饭吗? 为什么?
5. 朋友送你礼物的时候,你怎么办? 你对他/她说些什么?
6. 你送朋友礼物的时候,你常常说些什么?
7. 你喜欢养花吗? 为什么?
8. 你喜欢养狗吗? 为什么?
9. 你喜欢看足球赛吗? 你最喜欢的足球运动员是谁? 为什么?
10. 你认为怎样才能把汉字写得更漂亮?
11. 别人说你汉语水平很高,或者说你汉语说得很流利,你怎么回答?
12. 你喜欢中国武术吗? 你练过武术没有? 为什么?
13. 你会下棋吗? 你下棋的时候喜欢旁边有人在看吗? 为什么?
14. 别人在休闲活动的时候,你喜欢在旁边看吗? 为什么?
15. 你在你们国家或者在中国参加过知识比赛吗? 看过知识比赛吗? 你觉得怎么样?
16. 如果别人问你的衣服是多少钱买的,你会不高兴吗? 为什么?
17. 如果别人问你的岁数,你会不高兴吗? 为什么?
18. 如果别人问你的工资收入,你怎么回答?

二、成段表达（40%）

Составьте рассказ на одну из предложенных тем.

（共 1 题，40 分）

说明：学生在以下 6 题中抽取两个题目，再从中选取一个题目，准备 5 至 10 分钟后进行口头成段表达。教师根据学生口头的语言表现作出综合评定，包括语音表现、词汇和语法的准确性、内容的充实性。具体比例如下：语音表现 25%，词汇的准确性 25%，语法的准确性 30%，内容的充实性 20%。

Тема：

1. 介绍一下你们国家的地理情况（面积、人口、首都、最高的山峰、最长的河流等）。
2. 介绍一个你们国家最有名的名胜古迹。
3. 介绍你们国家的一种特别的风俗习惯或者节日。
4. 说说你们国家老人和年轻人的休闲活动有什么不同。
5. 介绍你们的一位老师。
6. 说说你在国内或国外一次旅游的情况。

第三十三课　保护环境就是保护我们自己

一、教学目的

1. 掌握本课重点句型和重点词语的用法。

（1）可能补语（1）

（2）"出来"的引申用法

（3）名词、量词和数量词短语的重叠

（4）既……，又……

（5）缩略语

（6）прил.／сущ. + 化

（7）跟 + им. об. + 有／没关系

（8）（不）到 + об. числ. со сч. сл.

2. 掌握本课"表示可能"、"表示担心"、"引起话题"等功能，能初步就保护环境的话题进行交际。

3. 掌握本课的生词与汉字。

二、教学步骤建议（略）

三、内容说明

1. 可能补语（1），名词、量词和数量词短语的重叠是本课的重点语法。

2. 可能补语是本书最后出现的一种补语，分两次介绍。本课先介绍在一般的结果补语或趋向补语中插入"得／不"所构成的可能补语，特别要求掌握像"看得懂"、"做得完"、"看不见"、"听不见"、"看得清楚"、"上得去"、"爬不上去"、"回不来"等常用短语。第三十六课将专门介绍动词"下、了、动"做可能补语。

在学习了结果补语和趋向补语以后，掌握可能补语的结构并不难；问题在于学习者不知道在什么情况下必须用可能补语，而不能用其他的表达形式（如能愿动词"可以"或"能"）。本课指出可能补语的否定形式比肯定形式用得多，在表示由于主客观条件不具备而不能做某事时，一般只能用可能补语，不能用能愿动词。如课文（一）"上不去了"，表示山太高，或者前边没有能继续往上开的路了。又如"我现在还看不懂中文网上的长文章"，意思是现在自己的中文水平还不高。可能补语的肯定形式用得比较少，只用来提问或回答用可能补语提的问题。这个问题第三十六课还要提到。

3. 趋向补语"出来"除了表示由某处所内部向外部移动的方向外,还有引申用法,其中之一是表示动作使事物出现或产生某种结果。要求掌握像"看出来"、"写出来"、"想出来"、"登出来"、"找出来"、"回答出来"等短语。"出来"的引申用法也适用于可能补语,如"看得出来"、"写不出来"、"想得出来"、"登得出来"、"找不出来"、"回答不出来"等。

4. 名词、量词和数量词短语的重叠,也是常用的表达形式。名词或量词单独重叠,表示所指的事物"毫不例外",如"人人"指无一人例外,"天天"指没有哪一天例外的。要提醒学习者:重叠后的名词或量词不能做宾语或宾语的定语。数量词短语重叠,一般是数词"一"和量词重叠,常用作状语,描述动作的方式,表示"一个接着一个",如"一个一个地走进来"、"一步一步地爬上去"、"一天一天地进步"等。也可以用作定语,表示事物很多的样子,如"一盘一盘的水果"、"一条一条的大路"、"一张一张的照片"等。

5. "既……,又……"表示两种性质或情况同时存在。我们在第三十课已介绍过"又……又……"也表示"同时存在"。两种句式的基本用法一样,稍有不同的是:用"既……,又……"结构,有时候"又"所表示的部分比"既"所指的部分在语感上略有侧重;而"又……又……"结构中的两部分则完全处于同等地位。另外"又……又……"结构,可以有三项,而"既……,又……"结构一般只有两项。

6. "(不)到 + об. числ. со сч. сл. "中的"到"是"达到"的意思。在第二十五课和第二十七课我们已学过"到"做结果补语,表示达到某一地点或时点,如"学到第二十五课"、"写到晚上十点"。本课的"到"表示达到某一数量。可以用来回答第三十一课"有 + 多 + прил. ?"的问题。例如:

　　A:他有多大?
　　B:他不到 30 岁。

　　A:这些苹果有多重?
　　B:不到 8 斤。

7. 课文(二)"大为照相的技术还真不错","大为的作品还参加过展览呢",都是副词"还"表示惊讶。

四、《课本》语法与注释
1. 可能补语(1)
动词和结果补语或趋向补语之间,加"得/不",表示动作能否实现某种结果或达到某种状态。

гл. + 得/不 + дополнительный член результата / дополнительный член направления

看　　得　　　懂

做　　　不　　完

上　　得　　　　　　　　　　　　　　　　去

爬　　　不　　　　　　　　　　　　　　上去

正反疑问式：гл. + 得 + дополнительный член + гл. + 不 + дополнительный член。动词带宾语时,宾语放在可能补语的后边。例如：

　　A：你看得见看不见那个小木屋？

　　B：小木屋在哪儿？我看不见。

　　A：下午五点钟你回得来回不来？

　　B：我回得来。

注意：

（1）可能补语的否定形式用得比较多,它表示由于缺少某种主观或客观条件,而不可能实现动作的结果或达到某种状态。这层意思一般只能用可能补语来表达,不能用能愿动词来表达。例如：

　　我只学了一年汉语,现在看不懂《红楼梦》。

　　（不能说:⊗我只学了一年汉语,现在不能看懂《红楼梦》。）

　　老师说得太快,我听不懂。

　　（不能说:⊗老师说得太快,我不能听懂。）

　　山很高,我爬不上去。

　　（不能说:⊗山很高,我不能爬上去。）

　　他想了很长时间,想不出好办法来。

　　（不能说:⊗他想了很长时间,不能想出好办法来。）

（2）可能补语的肯定形式用得较少,常用来提问或回答用可能补语提的问题。例如：

　　A：你坐在后边,听得清楚吗？

　　B：我听得清楚。

2. "出来"的引申用法

"гл. + 出来"表示动作使事物或结果出现或产生。例如：

　　植树节的消息登出来了。

　　这个好主意是怎么想出来的？

　　他一定要写出一篇好文章来。

　　这个句子错了,你看得出来吗？

3. 名词、量词和数量词短语的重叠

某些名词、量词重叠表示"由个体组成的全体",有"毫无例外"的意思。常做主语或定语。例如：

　　现在人人都关心北京的绿化。

他们个个都喜欢用筷子。

件件衣服都小了。

篇篇文章都写得很好。

注意：

重叠后的名词或量词,不能做宾语或宾语的定语。如不能说：

⊗我告诉人人。

⊗我喜欢张张照片。

表示时间的词语,重叠后可以做状语。例如：

他天天都打太极拳。

他去博物馆参观了很多次,次次都觉得很有意思。

数量词短语重叠,主要是"一 + сч. сл."重叠做状语,一般用于表示动作的方式,即"一个接着一个"的意思,后面要加"地"。例如：

我们一步一步地往上爬吧。

他们的汉语水平正一天一天地提高。

他一张一张地把照片给大家看。

小学生排着队,两个两个地走进餐厅。

数量词短语重叠做定语,用于对事物的描写,常表示事物很多的样子,后面要加"的"。例如：

一棵一棵的小树种得多整齐啊！

一盘一盘的水果放在桌子上。

一个一个的问题都回答对了。

4. 既……,又……

表示同时具有两方面的性质或情况。例如：

学生们既能欣赏自然景色,又能接受保护环境的教育。

北京既是中国的首都,又是世界有名的大都市。

她既聪明又漂亮。

5. 缩略语

"中小学生"是中学生和小学生的缩略语。如"中国学生和外国学生"可以缩略为"中外学生","北京大学"缩略为"北大","环境保护"可以缩略为"环保"。要注意不能随便缩略,如："北京郊区"可以缩略为"京郊",但不能缩略为"北郊",因为"北郊"是"北部郊区"的意思。

6. прил./сущ. +化

有的形容词或名词后边加上"化"(прил./сущ. + 化),可构成动词,表示转变成прил./сущ.所代表或具有的某种性质或状态。如"绿化、美化、净化、简化、正常化、一般化、中国化、欧化、儿化"等。有的"прил./сущ. + 化 + сущ."可以构成名词,如"简化字"(упрощенные иероглифы)。

7. 跟 + им. об. + 有/没关系

"跟 + им. об. + 有/没关系"表示跟某一事物有无联系。例如：

环保问题跟每个人都有关系。

他跟这事儿没有关系。

这件事儿跟你有没有关系？

这事儿跟我有什么关系？

8.（不）到 + об. числ. со сч. сл.

动词"到"表示"达到"的意思，"到"后面加数量词组，"（不）到 + об. числ. со сч. сл."，表示达到（或没有达到）某一数量。如：

这一课的生词还不到40个。

他到三十岁了吧？

"正 + гл. + 呢"也表示动作于某一参照时间正在进行。例如：

我去他家的时候，他正看电视呢。

五、《课本》"字与词"知识

构词法（7）：附加式①

为主的字表示词义，附加的字表示语法义。附加式分为前加和后附两类。我们学过的前加的有：

第——附加在数词前边表示序数，如：第一　第二　第三　第十一

老——加在单音节姓前边表示对熟人的称呼，如：老张　老李

还有一些习惯用法，如"老师"、"老板"等。

六、教师参考语法、词汇和汉字知识

语法知识

1. 可能补语（1）

（1）本课学习者初次接触可能补语。可能补语有别的语法结构代替不了的功能，在某种情况下必须用可能补语，不能回避。本课提出当表达由于缺少某种主观或客观条件而不可能实现动作的结果或达到某种状态时，一般要用可能补语，而不能用能愿动词来表达。书中举出的一些短语，如"看不懂"、"听不懂"、"听不清楚"、"爬不上去"等，这些学习者都应掌握。

（2）不是所有的动词后边都可以带可能补语。一般是口语中常用的单音节动词带可能补语，而双音节动词，如"得到、认为、觉得"等，表示心理活动的动词，如"怕、懂、喜欢、知道、希望"等以及"有、是、像、让、叫"等动词后边都不能带可能补语。

（3）"把"字句、"被"字句的谓语动词后，一般不能带可能补语。如不能说：⊗"我把这个汉字写不好。"⊗"这些练习被他做得完。"连动句的第一个动词后也不能带可能补语。如不能说：⊗"我没有车票，坐不了火车回家。"

（4）有的可能补语，已经成为固定的常用语，如"对不起"、"对得起"、"来不及"、"来得及"等。

2. 名词、量词和数量词短语的重叠

（1）名词或量词重叠，表示"由个体组成的全体，毫无例外"的意思，与代词"每"组成的短语的意思有相同之处，也有不同之处。在表示"由个体组成的全体"方面，两者是共同的，例如：

　　这家店里每件衣服都是名牌的。

　　这家店里件件衣服都是名牌的。

但在表示"全体中的个体"方面，只能用"每"组成的短语，不能用名词或量词重叠，例如：

　　这家店里每件衣服都不一样。

　　（⊗这家店里件件衣服都不一样。）

名词或量词重叠后不能做宾语或宾语的定语，但"每"组成的短语则可以。例如：

　　我告诉每个人。

　　（⊗我告诉人人。）

（2）数量词短语重叠，用来描写事物很多的样子，但与"很多"的意义与用法不同。"很多"只是一般地叙述，数量词短语则有描写的意味。有的句子只是一般地叙述事物多，就不宜用数量词短语的重叠。例如：

　　假期里我先在饭馆打了工，后来去黄山旅游，还看了很多小说。

　　（⊗假期里我先在饭馆打了工，后来去黄山旅游，还看了一本一本的小说。）

　　如果去兵马俑，我就要买很多明信片。

　　（⊗如果去兵马俑，我就要买一张一张的明信片。）

3. 既……，又……

"既"和"又"后边如为动词或形容词，音节数目和结构应该相同。例如：

　　她既聪明，又漂亮。

　　（⊗她既聪明又美。）

　　学生既能欣赏自然景色，又能接受保护环境的教育。

　　（⊗学生既能欣赏自然景色，又在那儿接受了保护环境的教育。）

汉字解说

环，王字旁，注意跟"坏"字区别，"坏"是土字旁。

境，土字旁，注意跟"镜"字区别，"墨镜"、"眼镜"的"镜"是金字旁。

活，三点水旁，注意跟"话"字区别，"说话"的"话"是言字旁。

七、《综合练习册》中听力练习的录音材料及部分练习的参考答案

Задания по аудированию и практике устной речи

2. Прослушайте вопросы и обведите правильный ответ в соответствии с текстом.

    （1）哪儿是北京最高的地方？

        A. 香山   B. 万寿山   C. 灵山   D. 景山

    （2）谁开车带大家去的灵山？

        A. 陆雨平   B. 王小云   C. 林娜   D. 宋华

    （3）灵山的景色跟哪儿的差不多？

        A. 泰山   B. 海南岛   C. 西藏高原   D. 黄山

    （4）藏趣园是个什么样的公园？

        A. 国家公园   B. 游乐园   C. 动物园   D. 植物园

    （5）建立藏趣园的是什么人？

        A. 女科学家   B. 女外交官   C. 女记者   D. 女文学家

3. Прослушайте диалог и определите верны ли следующие утверждения （" + " для верного，" – "для неверного）.

    录音：

        女：这山真高！

        男：是啊！你爬得上去吗？

        女：没问题！我常常锻炼，身体很好。

        男：真的？你知道这座山的名字吗？

        女：是叫灵山吧？

        男：对。这里是北京最高的地方。

        女：噢！我看咱们今天是"不到灵山非好汉"啦！

        男：是啊！咱们一起上吧！

    （1）女的觉得山很高。   （ + ）

    （2）女的爬不上去了。   （ – ）

    （3）男的不知道这座山的名字。   （ – ）

    （4）男的说灵山是北京最高的地方。   （ + ）

    （5）山太高，他们不想上去了。   （ – ）

4. Прослушайте звукозапись и заполните пропуски.

    （1）他歌唱_____很好。   （得）

    （2）你还爬得_____吗？   （上来）

（3）我回答不_____了。　　　　　　　　（出来）

（4）女科学家_____了藏趣园。　　　　（建立）

（5）植树节的消息登出来_____没有？（了）

5. Прослушайте звукозапись и напишите предложения, используя пиньинь.

（1）林娜还没读过《小木屋》那篇文章。

（2）学生们在藏趣园既能欣赏自然景色，又能接受保护环境的教育。

（3）保护环境就是保护我们自己。

（4）大为的照相技术确实不错。

（5）沙漠正一年一年地向北京靠近。

6. Прослушайте звукозапись и напишите предложения иероглифами.

（1）去植树

（2）登消息

（3）过夏令营

（4）再研究研究

（5）解决污染问题

7. Разыграйте по ролям.

Прослушайте звукозапись и составьте диалог с вашим партнером по образцу.
Попробуйте узнать смысл диалога с помощью друзей, преподавателей и словарей.

录音：

A：北京市要把 2008 年国际奥林匹克运动会办成"绿色的奥运"，这是一件大事。

B：听说沙漠正一年一年地向北京靠近，最近的地方离北京还不到 100 公里。

A：是啊，北京从 2000 年开始，打算用 10 年时间，花 60 亿元，解决风沙的问题。主要的办法是植树造林。现在，绿化北京，是人人都关心的大事。到 2007 年，北京的环境会变得更好。到那时侯，森林的面积要提高到 50%，90% 的污水将得到处理，污染严重的企业全部从市区搬走。2008 年的北京，既是一个环境优美的现代化国际大都市，又是一个世界有名的历史古都，她完全适合奥运会对环境保护的要求。

B：北京城市建设发展得很快，绿化也发展得很快。2008 年我一定到北京来参加这个"绿色的奥运"。

Задания по чтению и написанию иероглифов

10. Выберите правильные ответы.

（1）北京市_____努力解决空气污染的问题。

    A. 正在   B. 很   C. 已经   D. 可能

（2）一棵一棵的小树排_____多整齐啊！

    A. 很   B. 得   C. 的   D. 地

（3）现在人人_____关心北京的绿化。

    A. 太   B. 还   C. 也   D. 都

（4）沙漠正一年一年地_____北京靠近。

    A. 向   B. 从   C. 跟   D. 和

第三十四课　神女峰的传说

一、教学目的

1. 掌握本课重点句型和重点词语的用法

（1）主谓谓语句(2)

（2）疑问代词表示虚指

（3）"着、住"做结果补语

（4）无主句

（5）连……也/都……

（6）副词"可"

（7）副词"又"(4)

（8）介词"为"

2. 掌握本课"补充说明"、"表示强调"和"叙述"等功能项目,并能叙述简单的故事。

3. 掌握本课的生词与汉字。

二、教学步骤建议(略)

三、内容说明

1. 主谓谓语句(2)、疑问代词表示虚指和"着、住"做结果补语是本课的重点语法。

2. 在第十二课我们就学过主谓谓语句(1)"马大为头疼"。这类主谓谓语句中,主谓短语("头疼")用来说明、描写全句主语("马大为")。其特点是主谓短语的小主语("头"),是全句大主语("马大为")的一个部分或者是大主语的某一属性。本课所介绍的则是另一类主谓谓语句("晕船的药你吃了没有?"),主谓短语("你吃了没有")也是用来说明、描写全句主语("晕船的药")。其特点是全句主语是主谓短语中谓语动词("吃")的受事。从语义上分析,全句主语也可以看作是宾语的前置。这种句式用得较多,需要很好地掌握。

3. 疑问代词表示虚指,是疑问代词活用的一个方面,用来指没有明确说出的事物,口语会话中经常用到。第三十五课和第三十七课将继续介绍疑问代词活用的另一个方面,表示任指。

4. 本课介绍动词"着、住"用作结果补语,并经常用于可能补语。结果补语"着"在很多情况下,如"买着、找着、借着",与结果补语"到"的意思差不多。

5. 本课介绍无主句的两种情况:一是叙述天气等自然现象("下雨了");二是提醒出现了某种新情况("上课了")。这两类句子都是只有一个动宾短语,句尾都有助词"了",表示情况从未发生到发生的变化。

6. 副词"可"用于动词或形容词前表示强调,要与连词"可是"有时省略为"可"相区别。后者一般用于分句的开头,起关联的作用。

7. 课文(一)"船上的菜个个都辣",是主谓谓语句(1);课文(二)"昨天我是晕了"和"三峡实在是太美了"两句中的"是",表示强调。

8. 本书中出现的唐诗诗句只要求理解大意,不要求弄懂每个词的意思。

四、《课本》语法与注释
1. 主谓谓语句(2)

在主谓谓语句中,全句的主语(подлежащее 1)是作为全句谓语的主谓短语(сказуемое 1)中谓语动词(сказуемое 2)的受事。

подлежащее 1	сказуемое 1		
	подлежащее 2		сказуемое 2
晕船的药	你		吃了没有?
新汉语词典	同学们	都	买到了。
张教授讲的课	我	现在还	听不懂。
四川菜	你		吃得很高兴啊!
这儿的风俗习惯	他		了解得很多。

在这类句子中,主语虽然是受事,但它是全句中叙述、说明的对象。试比较:

晕船的药我吃了。(晕船的药呢?晕船的药怎么样?)

我吃晕船的药了。(你做什么了?你怎么样?)

2. 疑问代词表示虚指

疑问代词除了表示疑问和反问外,还可以指不知道、不确定、难以说出或者不愿说出的人、事物、时间、地点和方式等。例如:

你应该吃点儿什么。

我不记得放在哪儿了。

这件事儿好像谁告诉过我。

我不知道怎么扭了一下胳膊。

3．"着、住"做结果补语

"гл.＋着"表示动作达到了目的,或者产生了某种结果或影响。例如:

晕船的药我没找着。

他要的那本书我借着了。

刚才我睡着了。

"гл.＋住"表示动作使人或事物的位置得以固定。例如:

船好像停住了。

请站住。

小偷被抓住了。

李白的一首诗我记住了两句。

动词与结果补语"着"、"住"也能构成可能补语,如"找得着、睡不着、记不住、止不住"。

4．无主句

有的句子本身就没有主语(而不是省略主语),大多是由动宾短语构成。一般用于叙述自然现象,如:

下雨了。

下雪了。

刮风了。

也有的是提醒出现了某种情况,如:

上课了,请大家不要再说话。

吃饭了,咱们先复习到这儿。

5．连……也/都……

"连 X 也/都……"表示强调。把要强调的部分"X"放在介词"连"的后边,然后用副词"也"或"都"跟它呼应。隐含有比较的意思:连 X 尚且如此,别的更不用说了。例如:

这儿连空气都有辣味儿。 　　　　　　　　　(个个菜都是辣的)

你晕得连可乐也不想喝了。 　　　　　　　　(别的事儿更不想做了)

他连吃药、喝水都要别人帮助,病得不轻。 　　(他不能起床,不能上班)

我连他姓什么也不知道。 　　　　　　　　　(我不了解他)

6. 副词"可"

副词"可"在动词或形容词前表示强调,多用于口语。如:

我可知道他的意思,他不愿意来。

快考试了,可不能再看电视了。

外边可热闹了。

这件事儿可不简单。

7. 副词"又"(4)

副词"又"(4)表示转折,常常用于互相矛盾的两种情况。"又"的前边也可以再用"可是"。例如:

她很怕冷,又不愿意多穿衣服。

他刚才说要参加聚会,现在又说不参加了。

我很想把这件事儿告诉你,可是又担心你听了不高兴。

8. 介词"为"

介词短语"为+им. об."做状语,引进行为的对象。如:

小燕子从早到晚为我忙。

他每天都为大家服务。

"为+им. об./гл. об."也可以表示原因、目的,如:

我们都为这件事着急。

为我们的友谊,干杯!

为养好盆景,他买了很多书。

五、《课本》"字与词"知识

构词法(8):附加式②

附在单纯词或合成词的后边,构成新词。

（1）子——附在其他词后构成名词:刀子　叉子　杯子　盘子　筷子　瓶子
　　　桌子　妻子　儿子　孙子　孩子　房子　嗓子　本子　样子　小伙子

（2）儿——不自成音节,附在其他词后构成名词:花儿　画儿　点儿　事儿
　　　"儿"也可作少数动词后缀,使其儿化,如:玩儿。

注意:

"子、儿"这两个后缀都读轻声。如果不读轻声,就不是后缀。例如:孔子、男子、女儿等。

（1）者——附在某些动词后构成名词:记者　作者　译者　读者　爱好者　工作者　学习者

（2）化——附在其他词后构成动词:绿化　科学化

（3）家——文学家　科学家　艺术家　画家

六、教师参考语法、词汇和汉字知识

语法知识

1. 主谓谓语句(2)

基础阶段需要掌握的主谓谓语句有三类：

（1）马大为头疼。

他学习很认真。

（2）他汉字写得很好。

她自行车丢了。

（3）晕船的药你吃了没有？

第一类句子中的小主语是全句大主语的一部分或者是大主语的某一属性(第十二课)；第二类句子中小主语是主谓谓语中动词的受事。我们在第十五课介绍动词既带宾语又带情态补语的句子时，就出现了这种句式，如"他汉字写得很好"，从句子结构上分析，应属于主谓谓语句。本课新介绍的是第三类句子：全句大主语是主谓短语中动词的受事。第二、三两类有的语法书上解释为宾语前置，即为了强调宾语或者宾语比较复杂时，将宾语分别提前到小主语或大主语的位置。也有的语法书把第三类句子分析为话题("晕船的药")和说明("你吃了没有")。

2. 无主句

根据结构来分，汉语句子有主谓句和非主谓句两大类，主谓句都是由主语和谓语构成的句子，按谓语的性质又可分为动词谓语句、形容词谓语句、名词谓语句和主谓谓语句四类(第十四课)。

非主谓句是指不是由主语和谓语两部分构成的句子，主要是无主句，还有一类叫独词句(如"多美的花儿！""对。""啊！""谢谢！")。

无主句是根本没有主语的句子，而不是省略主语的句子。省略主语的句子，可以补上主语，如"他是我朋友，(他)在语言学院学习。"，而无主句的主语无法补上。

无主句大致有以下几种：

(1) 叙述天气等自然现象和提醒出现了某种新情况；

(2) 表示祈使或禁止(如"请坐")；

(3) 表示祝愿(如"祝你生日快乐"、"为我们的友谊，干杯")；

(4) 动词"有"的兼语句(如"有人找你")；

(5) 动词"是"的兼语句(第四册)。

3. 连……也/都……

对所强调部分的具体说明如是肯定形式，一般情况下用"都"；否定形式则多用"也"。如：

这儿连空气都有辣味。

你晕得连可乐也不想喝了。

词汇知识

"讲"和"说"都表示用语言口头表达意思。"讲"一定要有听的人,常常是"向别人"讲;"说"只表示"说话"的意思,所以有时也可以对自己说。"讲"有向别人描述、叙述或者解释、说明的意思,所以常用于"讲故事"、"讲课文"、"讲语法",一般不说:⊗"说故事",更不能说:⊗"说课文"、"说语法"。

汉字解说

船,舟字旁,提示字义,表示"船"是水上交通工具。右边是上下结构,上边不是"几",注意第二笔是"乀",没有钩。

着,用在动词后边,表示达到目的或有了结果,读 zháo,不读 zhe。

啼,口字旁,表示某些鸟兽叫。也可用于人出声地哭,如"哭哭啼啼"。注意:读 tí,不读 dí。

湖,三点水旁,跟"江、河、海"一样都与水有关。如"洞庭湖",它的北边是湖北,它的南边是湖南。

觉,注意"觉"有两个读音。比如"觉得、感觉、自觉、知觉、直觉、发觉、错觉"等,与人的感知有关都读 jué。与睡眠有关读 jiào,如"睡觉、午觉"。

七、教师参考文化知识

1. 李白(701—762)唐代诗人,字太白,后人称他"诗仙"。他的诗收入《李太白全集》。"两岸猿声啼不住,轻舟已过万重山"是他的《下江陵》(又称《早发白帝城》)这首诗中的名句。

2. 西王母,也称王母娘娘,是中国古代神话中的女神,住在昆仑山。她的果园里种了蟠桃,人吃了能长生不老。

3. 山水画,中国画大致可分为三个门类:人物画、山水画和花鸟画。人物画成熟于战国时代;山水画、花鸟画开始于隋唐时代。山水画以画山川自然景色为主。唐代山水画就有"青绿山水"、"水墨山水"、"泼墨山水"等风格和流派,同时出现了"工笔"和"写意"的区别。此后到宋元明清又有了很大发展。

4. 三峡大坝,位于长江西陵峡三斗坪。1994 年 12 月 14 日动工,2012 年将全部建成。大坝顶高 185 米,坝长 2300 多米,水库面积 1084 平方公里,总库容量 393 亿立方米,防洪库容量 221.5 亿立方米。水电装机总容量 1768 万千瓦,年发电量 840 亿千瓦小时。

八、《综合练习册》中听力练习的录音材料及部分练习的参考答案

Задания по аудированию и практике устной речи

2. Прослушайте вопросы и обведите правильный ответ в соответствии с текстом.

(1) 谁晕船了？

    A. 小燕子   <u>B. 马大为</u>   C. 丁力波   D. 王小云

(2) 马大为带晕船药了吗？

    <u>A. 带了</u>   B. 没带

(3) 小燕子去哪儿要的晕船药？

    A. 医院   B. 药店   <u>C. 医务室</u>   D. 朋友那儿

(4) 外边的天气怎么样？

    <u>A. 刮风</u>   B. 下雨   C. 晴朗   D. 阴天

(5) 马大为想做什么？

    A. 吃饭   B. 看电视   C. 聊天   <u>D. 睡觉</u>

3. Прослушайте диалоги и определите верны ли следующие утверждения （" + " для верного，" – "для неверного）.

录音：

    男：这次咱们游三峡，一路上吃了不少辣的呀！

    女：是啊。我现在觉得这可乐好像都有辣味儿了。

    男：不会吧。神女峰到了吗？

    女：快了。你听过神女峰的传说吗？

    男：听过，可是记不清了。你能给我讲讲吗？

    女：没问题！

(1) 他们吃了很多辣的东西。   （ + ）

(2) 女的觉得空气都有辣味儿了。   （ – ）

(3) 他们已经到神女峰了。   （ – ）

(4) 男的没听过神女峰的传说。   （ – ）

(5) 女的知道神女峰的传说。   （ + ）

4. Прослушайте звукозапись и заполните пропуски.

(1) 他晕得_____可乐也不想喝了。   （连）

(2) 刚才我睡_____了。   （着）

(3) 妈妈从早到晚_____我忙。   （为）

(4) 你_____在说好听的了。   （又）

(5) 林娜明天不去长城，她上星期已经去过了。

    _____，她明天还有别的事。   （再说）

5. Прослушайте звукозапись и напишите предложения, используя пиньинь.

(1) 晕船的药你吃了没有?

(2) 外边刮风了,有点儿凉。

(3) 你听过神女峰的传说吗?

(4) 这儿的风景美得好像一幅山水画!

(5) 我把咖啡喝了就去。

6. Прослушайте звукозапись и напишите предложения иероглифами.

(1) 辣不怕

(2) 坐游船

(3) 很久很久以前

(4) 好像一幅中国山水画

(5) 过几年再来游览三峡

7. Разыграйте по ролям.

Прослушайте звукозапись и составьте диалог с вашим партнером по образцу.

Попробуйте узнать смысл диалога с помощью друзей, преподавателей и словарей.

录音:

男:王老师,听说神女峰是三峡最有名、最美的山峰。

女:是的。关于神女峰还有个美丽的传说呢!

男:是吗? 您能给我讲讲吗?

女:传说很久很久以前,西王母让她美丽的女儿到三峡去,为来往的大船小船指路。她日日夜夜站在那儿,后来就成了美丽的神女峰。

男:这个传说真感人! 王老师,我明天要去三峡旅行。到时候就能看到神女峰了。

女:噢,那祝你旅行愉快!

男:谢谢您。

Задания по чтению и написанию иероглифов

10. Выберите правильные ответы.

(1) 快考试了,_____不能再玩儿了。

    A. 能   B. 可   C. 可以   D. 会

(2) 别提了,昨天我_____晕了。

    A. 很   B. 是   C. 非常   D. 十分

(3) 爸爸_____早_____晚为工作忙。

    A. 既……又   B. 不但……而且   C. 一边……一边   D. 从……到

(4) 刮风了,外边有点儿凉,你_____别出去。

    A. 可能   B. 可以   C. 可   D. 还

(5) 过几年你_____来游览三峡,还会看到新的景色。

    A. 再   B. 又   C. 就   D. 才

第三十五课 汽车我先开着

一、教学目的

1. 掌握本课重点句型和重点词语的用法
（1）疑问代词表示任指（1）
（2）分数、百分数、倍数
（3）一……也/都＋没/不……
（4）就是……，也……
（5）副词"都"
（6）等＋гл./об. с подлеж. – сказ. сочетанием （＋的时候/以后）
（7）动词"给"

2. 掌握本课"责备和质问"、"拒绝"、"解释"等功能项目，能初步就计划购买东西和有关消费观念的话题进行交际。

3. 掌握本课的生词和汉字。

二、教学步骤建议（略）

三、内容说明

1. 疑问代词表示任指（1），分数、百分数、倍数的表示法是本课的语法重点。

2. 疑问代词表示任指或泛指，即泛指任何一个人或任何一个事物。本课介绍的是两个同样的疑问代词前后呼应，第一个疑问代词泛指任何一个人，后一个代词又指第一个疑问代词。这种用法多用于复合句中，两个疑问代词分别出现在两个分句或两个短语之中，可以充当同样的成分，也可以充当不同的成分。这两个短语或分句用"就"来连接。第三十七课还将继续练习疑问代词表示任指。

3. 分数、百分数、倍数的表示法应该掌握，首先要能正确读出这些数的表示法。

4. 副词"都"的最基本的意义是表示总括（"他们都很好"）。"都"还表示别的意义，本课介绍的是表示"已经"。"给"作为动词的基本意义是"使对方得到"（"我给他一本书"），本课介绍的动词"给"的意义与"叫、让"相近。如"给我丢人"，"给他多休息几天""你那本书给看不给看"等。这种用法暂不作为重点来练习。

5. "等 + об. с подлежащно-сказуемостным сочетанием（ + 的时候/以后）"与不带"等"的"об. с подлежащно-сказуемостным сочетанием + 的时候/以后"都是表示时间的状语,一般也都用在句子的开头,基本意思一样。加上"等"表示从现在到那个时间还有一段距离。例如:

> 每次回国以后,我都去看他。
>
> 等回国以后,我就去看他。
>
> 等回国以后,我再去看他。

与"等 + об. с подлежащно-сказуемостным сочетанием（ + 的时候/以后）"相呼应的副词有"就"(强调后边的动作接得很紧)、"才"或"再"(强调"等"引起的短语是后边动作的前提)。

6. 本课课文涉及不同看法的争论,所以用了许多反问句,加强语气、强调自己的观点。例如:"怎么没有关系?""年轻人骑着自行车上班,不是挺好的吗?""为什么你就不能向你爸爸学习呢?""贷款不就是借债吗?""这就是你想的好办法?""我向银行贷款,按时还钱,这怎么是丢人呢?""你都借钱过日子了,还不丢人?""银行怎么会借给你钱?""您以为谁想借银行的钱谁就能借到?""你不能算第一种人吧?""你有'信用'? 你的'信用'在哪儿?"

四、《课本》语法与注释

1. 疑问代词表示任指(1)

连用两个同样的疑问代词,指相同的人、事物、方式、时间或地点。第一个是任指的,而第二个则特指第一个。前后两个短语或分句之间常用"就"连接。例如:

> 你什么时候挣够了钱什么时候再买车。
>
> 你想怎么过就怎么过!
>
> 银行的钱不是谁想借,谁就能借到。
>
> 我想去哪儿就去哪儿!
>
> 你爱怎么着就怎么着。

两个疑问代词也可以在两个分句中充当不同的成分。例如:

> 谁有知识,我们就向谁学习。
>
> 哪种办法好,我们就用哪种。

注意:

如果后一分句有主语,"就"一般要放在主语之后,不能说:⊗银行的钱不是谁想借,就谁能借到。⊗谁有知识,就我们向谁学习。⊗哪种办法好,就我们用哪种。

2. 分数、百分数、倍数

在分数中,分数线"/"读作"分之"。先读分数线后面的数,后读分数线前面的数。例如:

3/4——四分之三

6/25——二十五分之六

1/3——三分之一

百分数的符号"%"读作"百分之",例如:

6%——百分之六

93%——百分之九十三

倍数的读法是"сч. сл. + 倍"。如:

开车最少比骑自行车快一倍。

8 是 4 的两倍。

今年的学生是去年的三倍,去年是 50 个学生,今年是多少?

3．一……也/都 + 没/不……

这一格式常用来强调全部否定。"一"的后面是量词和名词,名词一般是动作行为的受事,有时也可以是施事。用"一"来强调,带有夸张的语气。例如:

他一点儿信用都没有。

我这辈子一次债都没有借过。

植物园里一个人也没有。

这次活动我们系一个人也没有参加。

在主谓谓语句中,充当谓语的主谓短语,也常用"一……也/都 + 没/不……"强调全部否定。例如:

您的钱我一分也不要。

这事儿他好像一点儿也不知道。

4．就是……也……

用"就是"引出假设或让步的情况,用"也"强调结果不受前面情况的影响。例如:

就是 21 世纪生活也得艰苦朴素。

就是没钱买米,我也不借债。

明天就是下大雨,我也要去参观展览。

5．副词"都"

副词"都"口语中表示"已经"的意思。如:

你都借钱过日子了,还不丢人?

都十一点半了,他还不睡觉。

6. 等 + об. с подлежащно-сказуемостным сочетанием（ + 的时候/以后）

"等 + об. с подлежащно-сказуемостным сочетанием（ + 的时候/以后）",用于主句前面,表示主要动作发生的时间("等"表示到这个时间有一段距离)。主句常用"就、再、才"配合。例如:

> 等吃了饭,咱们就走。
>
> 等回国以后,我就去看她。
>
> 等他上班的时候你们再去找他。
>
> 等我打完电话,才发现陈老师已经走了。

7. 动词"给"

动词"给"表示"致使"的意思,用法同动词"叫、让"。也可以说:"你不能让我丢人"。"给"多用于口语。

五、《课本》"字与词"知识

构词法(9)

附加式③:汉语中用类后缀语素,附加在单纯词或合成词后边,构成新的名词。

(1) 生:医生　学生　先生　小学生　中学生　大学生　留学生　研究生

(2) 员:队员　演员　售货员　售票员　服务员　技术员　教员　学员

(3) 家:画家　美术家　书法家　科学家　文学家　旅行家　教育家

(4) 馆:饭馆　茶馆　咖啡馆　图书馆　美术馆　博物馆　展览馆　熊猫馆

(5) 院:医院　学院　医学院　商学院　文学院　科学院　语言学院　电影院
　　　　长安大戏院

六、教师参考语法、词汇、汉字知识

词汇知识

副词"挺"就是"很"的意思,口语中用得较多。"金钱"就是"钱"的意思,书面语中用得较多。"困难"和"难"都表示"不容易","困难"更带有书面语的色彩。"困难"可以用作名词,"难"不能当名词用。"变化"和"变"的基本意思都是"与原来不一样",也就是"变"的意思。"变化"可以用作名词,作为动词,它一般不能带宾语,但可以带补语。"变"不能用作名词,作为动词,它的使用范围更广,能带多种补语,也能带宾语。

汉字解说

约,绞丝旁,注意与"的"和"药"的区别。"的"是白字旁,"药"还有草字头。

倍,单人旁,注意与"陪"和"部"的区别。"陪"是左耳朵,"部"是右耳朵。

金,人字头,注意与"全"字的区别。虽然都是人字头,但"全"字下边是"王"字。

贷,代字头,注意与"货"字的区别。"货"是化字头。"贷"是动词,如"借贷、贷款"。

"货"是名词,如"进货、货物、百货"。

　　稳,禾字旁,注意与"隐"字的区别,"隐"是左耳朵。"隐"是不让人知道的意思,如"隐私、隐情"。"稳"是不摇动的意思,如"稳定、稳住"。

七、《综合练习册》中听力练习的录音材料及部分练习的参考答案
Задания по аудированию и практике устной речи

2. Прослушайте вопросы и обведите правильныий ответ в соответствии с текстом.

　　(1) 王小云想什么时候买车?

　　　　A. 开始工作以前　　　　　　B. <u>开始工作以后</u>
　　　　C. 工作一年以后　　　　　　D. 工作五年以后

　　(2) 王小云的父亲怎么去上班?

　　　　A. 走路　　　　　　　　　　B. 开汽车
　　　　C. <u>骑自行车</u>　　　　　　D. 跑步

　　(3) 王小云想用什么办法买车?

　　　　A. 用父母的钱　　　　　　　B. 自己工作的钱
　　　　C. 向朋友借钱　　　　　　　D. <u>向银行贷款</u>

　　(4) 贷款以后,每年还多少?

　　　　A. <u>百分之十或者二十</u>　　　B. 百分之二十或者三十
　　　　C. 百分之五或者十　　　　　D. 百分之一或者五

　　(5) 王小云的妈妈会贷款买车吗?

　　　　A. 会　　　　　　　　　　　B. <u>不会</u>

3. Прослушайте диалог и определите верны ли следующие утверждения (" + " для верного, " – "для неверного).

　　录音:

　　　　女:你说要来的,为什么昨天没来?
　　　　男:我因为有事,所以没来。
　　　　女:不能来也应该给我打个电话啊。真不知道你是怎么想的。
　　　　男:我太着急了,所以忘了。
　　　　女:可是我等了你两个小时。
　　　　男:是我不对。对不起啊!

　　(1) 昨天男的没来。　　　　　　　　　　　　　　(＋)
　　(2) 男的有事,所以没来。　　　　　　　　　　　(＋)
　　(3) 男的给女的打电话,告诉女的他不能来了。　　(－)
　　(4) 男的没来,所以女的很快就走了。　　　　　　(－)
　　(5) 女的有点儿不高兴。　　　　　　　　　　　　(＋)

4. Прослушайте звукозапись и заполните пропуски.

（1）我们要_____用水。　　　　　（节约）

（2）现在已经是21_____了。　　　（世纪）

（3）以前，我家的生活很_____。　　（艰苦）

（4）我_____不会向你借钱。　　　　（绝对）

（5）我要好好地_____这个星期天。（享受）

5. Прослушайте звукозапись и напишите предложения, используя пиньинь.

（1）这个城市生产汽车。

（2）你别管我的事。

（3）这几年，我们家有点儿积蓄。

（4）我们不怕困难。

（5）你们国家的经济怎么样？

6. Прослушайте звукозапись и напишите предложения иероглифами.

（1）时间就是生命。

（2）我想向银行贷款。

（3）我们应该按时上课。

（4）你昨天晚上说梦话了。

（5）他没有信用。

7. Разыграйте по ролям.

Прослушайте звукозапись и составьте диалог с вашим партнером по образцу. Попробуйте узнать смысл диалога с помощью друзей, преподавателей и словарей.

录音：

（1）A：在上海国际汽车展览会上，参观的人很注意未来汽车四大元素的问题。

B：哪四大元素？

A：一是技术元素。未来的汽车最大的特点是：最简单的操作就是最好的，比如语音驾驶、自动驾驶，开汽车用电脑控制。二是环保元素。用新能源作动力，生产不污染环境的"绿色汽车"。三是动感元素。新车外观设计得像动物一样，比如像豹子，车子停着的时候，都让人感觉它在运动。四是个性元素。为了表现自己的个性，越来越多的人喜欢开另类车型的车。在国际汽车展览会上，"个性化"的汽车很受欢迎。

B：未来汽车四大元素很有意思。不过，现在我觉得最有意思的还是汽车降价。要是再便宜一点儿，我也想去买一辆。

A：现在向银行贷款买车的人越来越多了，你想买车，这不是一件很容易的事儿吗？下星期我们一起去看看。

B：好的。

（2）A：向银行贷款买车好还是一次性交款好？

B：贷款买车跟买房不同。贷款买车利率高，一次性交款好。有位张小姐想买一辆红色的POLO车，全价12万多，张小姐本想向银行贷6万元，但算来算去，5年的时间，利息就要花1万多元，这不是一个小数目。最后，她还是一次性交了款买了车。如果你决定贷款买车，应该直接向银行申请贷款，再去买车，向银行贷款很方便。要是通过经销商向银行贷款，费用比较高，一般都不要用这种方式。

A：我买车恐怕还得向银行贷款。我自己去申请吧。

第三十六课　　北京热起来了

一、教学目的

1. 掌握本课重点句型和重点词语的用法
（1）可能补语（2）
（2）"起来"的引申用法
（3）一……就……
（4）除了……以外，还/都/也……
（5）代词"各"
（6）副词"最好"
（7）"像"表示列举

2. 掌握本课"谈气候"、"提建议"、"表示可能"等功能项目，并能初步就气候和旅游的话题进行交际。

3. 掌握本课的生词和汉字。

二、教学步骤建议（略）

三、内容说明

1. 可能补语（2）、"起来"的引申用法是本课的语法重点。

2. 可能补语（2），是由动词"下、了、动"构成的可能补语。这些动词构成的可能补语都有特定的意义，像"吃不下、坐得下"，"来得了、走不了"，"拿得动、搬不动"等都是常用的短语，需要很好地掌握。关于可能补语与能愿动词"能、可以"用法的不同，本课进一步指出哪些情况下，必须用可能补语，不能用"能、可以"，哪些情况下两种表达方式都可以，哪些情况下又只能用能愿动词，不能用可能补语。

3. 趋向补语"起来"，除了表示由低处向高处移动的方向以外还有引申用法，其中最重要的是表示动作行为或状态的开始并继续，是口语中用得较多的表达方式。像"热起来、忙起来、做起来、唱起来、高兴起来"等短语需要很好地掌握。"起来"的这一用法也可以用于可能补语。

4. 副词"最好"表示最理想的选择或最大的希望，常用在短语或句子的前边。课文（一）中的"最好的季节"，这是形容词（"好"）的最高级，用来做定语。

5. 课文(一)的"各种气候中国差不多都有"，课文(二)"这些古诗我们现在恐怕还读不了"，"别的诗我都背不出来了"等是主谓谓语句(2)，主语是受事；课文(二)的"以前我现代诗看得比较多"，"你唐诗记得很熟啊"等也都是主谓谓语句。

四、《课本》语法与注释

1. 可能补语(2)

动词"下"、"了"、"动"可以做可能补语。

"гл. ＋得/不＋下"，表示某空间能否容纳一定的数量。常用的动词有"站、坐、睡、停、放、住"等。例如：

> 书包里放不下这么多东西。
> 这儿停不下十辆汽车。
> 宿舍住得下这么多人吗？

"гл. ＋得/不＋了"，表示动作行为能否发生。(动词"了"一般只能用作可能补语。)例如：

> 你朋友秋天来得了吗？
> 她的腿被撞伤了，她现在走不了路。
> 老师病了，明天上不了课。

动词"了"有时表示"完"的意思。

> 这么一大杯葡萄酒，她喝不了。
> 学院离这儿不远，用不了半个小时就到了。

"гл. ＋得/不＋动"，表示动作行为使人或物体改变原来的位置。

> 你看我就穿得那么多，连路都走不动了。
> 他一个人搬不动这张大桌子。
> 你不用帮我了，我自己拿得动这些东西。

注意：

能愿动词"能"、"可以"也可以表示可能。但是，当表示由于某种主、客观条件不具备而不能做某事时，一般都要用可能补语，而不用能愿动词。例如：

> 小孩搬不动这个大花盆。(不能说：⊗小孩不能搬这个大花盆。)
> 这儿声音太大，我听不见。(不能说：⊗这儿声音太大，我不能听见。)

当表示行为者自身的能力和条件能做某事时，既可以用能愿动词，也可以用可能补语。例如：

> 我学过英语，我能翻译。　　　　　　　　(我学过英语，我翻译得了。)

天气很好,今天能去。　　　　　　　　　　（天气很好,去得了。）

你不用帮助我,我自己能搬。　　　　　　　（你不用帮助我,我自己搬得动。）

当表示请求或劝阻某种动作或行为发生时,只能用能愿动词,不能用可能补语。例如:

外边刮风了,你不能出去。（不能说:⊗外边刮风了,你出不去。）

我可以进来吗?（不能说:⊗我进得来吗?）

2. "起来"的引申用法

"гл. / прил. ＋起来",表示动作行为或状态的开始并继续。例如:

刚到五月,天气就热起来了。

快要考试了,他现在忙起来了。

以前我喜欢现代诗,现在我也喜欢起古诗来了。

切蛋糕的时候,大家都唱起"祝你生日快乐"来了。

3. 一……就……

"一……就……"表示两个动作或行为紧接着发生。这两个动作或行为可以是发自同一个主语,也可以是两个主语。例如:

陈老师一进教室就开始上课。　　　　　（同一个主语）

我一着急,就回答错了。　　　　　　　（同一个主语）

北京一到五月,天气就热起来了。　　　（两个主语）

她一叫,我们就都出来了。　　　　　　（两个主语）

4. 除了……以外,还/都/也……

"除了……以外,还/也……",表示在所提到的事物以外还包括后边所补充的内容。例如:

除了秋天以外,别的季节也可以来中国旅游。

除了喜欢画画以外,他还特别喜欢中国书法。

除了现代的新诗,她也爱看唐诗。

"除了……以外,都……",表示排除掉所提的事物,强调其余的一致性。例如:

除了这首诗以外,别的诗我都背不出来了。

除了星期六和星期日以外,我们每天上午都有汉语课。

除了不喜欢吃羊肉,她什么肉都爱吃。

"以外"可以省略。

5. 代词"各"

"各 ＋ сч. сл. ＋ сущ."表示某个范围内的所有个体(каждый, любой),一般要加量

词,如:各种方法、各位老师、各种情况、各种书、各种困难等。再如:

  他试过各种方法。

  各个民族有不同的传说。

  各位老师,各位同学,大家好!

6. 副词"最好"

"最好"表示最理想的选择或最大的希望。例如:

  最好明天不下雨,也不刮风。

  最好你自己去办这件事。

7. "像"表示列举

动词"像"也可以用于举例,但跟"比如"不一样,一般不放在句子的最后。例如:

  像丁力波、马大为,他们都是语言学院的学生。

  中国的大城市很多,像北京、上海、广州都是。

五、《课本》"字与词"知识

构词法(10):缩减式

(1) 省略:清华——清华大学

(2) 紧缩:北大——北京大学 北语——北京语言大学

(3) 简代:京——北京 沪——上海 粤——广东 中美——中国和美国

      中英——中国和英国

六、教师参考语法、词汇、汉字知识

> 语法知识

1. 可能补语(2)

除了本书已介绍的可能补语和能愿动词"能、可以"的用法特点以外,两种表达方式都可以用的情况还有:

当表示人的看法、主张时,这两种表达方式都可以用。例如:

  你不努力准备就不能赢这次比赛。

  你不努力准备就赢不了这次比赛。

在疑问句中,这两种表达方式都可以用。例如:

  老师的话你听得懂吗?

  老师的话你能听懂吗?

可能补语的肯定形式前还可以加"能"以强调"可能性"。例如:

  车里能坐得下六个人吗?

  这个书包能装得下九本书。

带可能补语的句子,宾语一般放在可能补语的后边。例如:

我记不住这么长的课文。

这个背包放不进去这么大的书。

也可以放在句首主语的后边或整个动补短语的前边。后一种情况下,常常在宾语前重复动词。例如:

中文网上的长文章我还看不懂。

他筷子还用不习惯。

他用筷子还用不习惯。

如果可能补语是由趋向补语组成的,宾语常放在复合趋向补语的中间。例如:

他高兴得说不出话来。

他跟着大家扭起秧歌来。

2. 本课介绍的"起来"的引申用法是表示动作行为或状态的开始,有的学者把它看作是动词的一种态——起始态。如"热起来"、"笑起来"、"唱起来"。

3. 代词"各"与以前学过的"每"(第十二课)都表示某个范围里的所有个体,在论及这些个体时,又与整个范围或总体有关系。但"各"和"每"还有不同:

"每"侧重于事物的共性,所以在用"每"的句子里,一般要用"都";而"各"常侧重事物的不同点。例如:

各个学生有自己的学习方法。

每个学生都介绍了自己的学习方法。

"各"可以单用,"每"不能单用。例如:

他的父母各有自己的专业。(不能说:⊗他的父母每有自己的专业。)

"各"连用的名词常常是表示组织、机构的名词,单音节名词不需要量词(如"各国、各地、各系"),双音节名词也可用可不用量词(如"各民族、各学校、各地方")。"各"与有的名词连用,要用量词,量词常常是"种、个、位、条"等。

"每"一般不能直接与名词连用,中间必须加量词或数量词(如"每张画、每本书、每页信"等),"每"与时间名词连用可以不用量词(如"每年、每月、每天、每小时"等)。

词汇知识

"有的时候"、"有时候"、"有时"这三个词语的意思一样,"有的时候"口语色彩最浓,"有时"书面语色彩最浓。

汉字解说

季,禾字头,注意与"李"字的区别。李是木字头。"季"读 jì,表示时间,如"季节、四季、春季、夏季、秋季、冬季"。"李"是果树,如"李子、李子树";也是姓氏,如"他姓李"。

各,"夂"(折文儿),注意与"名"字的区别。"名"字是夕字头,读 míng,用于人或事物的称呼,如"名字、姓名、名称"。"各"读 gè,是代词,跟"每个"的意思差不多,如"各位、各校、各国"。

故,"攵"(反文旁),注意与"姑"字的区别。"姑"是女字旁,读 gū,指父亲的姐妹,如"姑姑",或未出嫁的女子,如"姑娘"。"故"读 gù,可表示原因,如"借故、因故";也可表示过去的,如"故乡"。

熟,"灬"(四点儿底),注意与"热"字的区别。"熟"读 shú,跟"生"相对,如"葡萄熟了、饭熟了、我们很熟"。"热"跟"冷"相对,如"热带、热天、热情、热闹"。

七、教师参考文化知识:江南、内蒙、东北、海南

"江南"一般指长江下游以南的地区,也就是江苏、安徽两省南部和浙江省的北部。尤以苏州、杭州为代表,有"上有天堂,下有苏杭"之说。

"内蒙"是内蒙古自治区的简称,位于中国北部边疆。全区面积 110 多万平方公里,人口 2200 多万,首府在呼和浩特。畜牧业居全国首位。有辽阔的大草原和兴安岭的原始森林。

"东北"指中国东北地区,包括辽宁、吉林、黑龙江三省和内蒙的东部。有以白头山天池为中心的长白山旅游胜地。

"海南"就是海南省,包括海南岛和南海诸岛,全省面积 34000 多平方公里,属热带季风气候,长夏无冬,高温多雨。三亚、海口是冬季旅游胜地。

八、《综合练习册》中听力练习的录音材料及部分练习的参考答案

Задания по аудированию и практике устной речи

2. Прослушайте вопросы и обведите правильный ответ в соответствии с текстом.

(1) 北京的天气,一到几月天气就热起来了?

    A. 三月   B. 四月   <u>C. 五月</u>   D. 六月

(2) 哪一个季节是北京最好的季节?

    A. 春季   B. 夏季   <u>C. 秋季</u>   D. 冬季

(3) 冬天来中国旅行,可以去什么地方?

    A. 北京   B. 江南   C. 内蒙草原   <u>D. 海南岛</u>

(4) 杜甫是中国古代的什么人?

    <u>A. 诗人</u>   B. 老师   C. 书法家   D. 科学家

(5) 李白如果活着,该有多少岁了?

    A. 一千岁   B. 一千一百岁

    C. 一千两百多岁   <u>D. 一千三百多岁</u>

3. Прослушайте диалог и ответьте на вопросы.

录音：

女：车开不进去了，就停在这儿吧。

男1：把车上的背包拿下来。

女：这么重的东西，您背得动吗？

男1：我老了，背不动，他年轻，他背得动。

男2：没问题，两个这样的背包我都背得动。

4. Прослушайте звукозапись и заполните пропуски.

(1) 北京一年有四个_____。 （季节）

(2) 这个问题不太_____。 （复杂）

(3) 我不喜欢穿_____。 （裙子）

(4) 我来决定时间，你来_____地点。 （选择）

(5) 他是个_____。 （诗人）

5. Прослушайте звукозапись и напишите предложения, используя пиньинь.

(1) 北京的气候怎么样？

(2) 我还穿着羽绒服呢。

(3) 今天晚上很凉快。

(4) 小时候我和妈妈一起住。

(5) 我和他不熟。

6. Прослушайте звукозапись и напишите предложения иероглифами.

(1) 各位老师，你们好。

(2) 上午太热，最好晚上去。

(3) 这是我们的旅游路线。

(4) 张老是位大科学家。

(5) 这件礼物很珍贵。

7. Разыграйте по ролям.

Прослушайте звукозапись и составьте диалог с вашим партнером по образцу. Попробуйте узнать смысл диалога с помощью друзей, преподавателей и словарей.

录音：

A：中关村科技园区是中国第一个国家级高新技术产业开发区。科技园区的经济一直保持着30％以上的增长速度。经济总量在全国53个高新科技园区中保持领先地位,比如联想、方正、同方为代表的大约 7000 家高新技术企业,在北京经济发展中起到重要的作用。你打算在高新技术方面创业,我建议你到北京中关村科技园区发展,这确实是一个很好的选择。

B：中关村科技园区的环境是不错。我有几个朋友在那儿办了一家公司,我也想去试试。

A：有不少从国外回去的留学生在中关村科技园区办公司,都有很好的成绩。像你们搞高新技术的,很快就会富起来。

B：谢谢你的关心。

第三十七课　谁来埋单

一、教学目的

1. 掌握本课重点句型和重点词语的用法

(1)"下去"的引申用法

(2)疑问代词表示任指(2)

(3)用介词"比"表示比较(2)

(4)越……越……

(5)介词"由"

(6)介词"按"

(7)接着＋гл.

2. 掌握本课"在饭馆"、"表示奇怪"、"动作的顺序"等功能项目,能初步就按顺序叙述动作以及在饭馆点菜、付账等内容进行交际。

3. 掌握本课的生词和汉字。

二、教学步骤建议(略)

三、内容说明

1. "下去"的引申用法和用介词"比"表示比较(2)是本课的语法重点。

2. 用介词"比"表示比较,我们已介绍过(第十七课)其比较的结果为形容词短语(如"他比我忙","这件旗袍比那件大一号")或者动词短语(如"你比我知道得多","他们汉语比我们说得流利")。本课增加两个新的内容:①比较的结果也可以是主谓短语(如"陈老师比我们岁数大");②用情态补语表示比较结果的句子,"比"及其宾语既可以放在动词之前,也可以放在动词之后或情态补语之前。

3. 趋向补语"下去"除了表示由高处向低处移动的方向外,还有引申用法,其中最常用的是表示开始的动作继续下去,像"说下去、唱下去、学下去、看下去"等短语应该掌握。"下去"的这一用法也可以用于可能补语(如"说不下去"、"学不下去")。

4. 本课介绍的疑问代词表示任指以及"越……越……"等都已有一定的基础,不难掌握。

5. 介词"由"的用法有很多种,如相当于介词"从"的用法,还能表示方式、原因或来源等。本课只介绍"引进施动者"这一种用法。

"接着"除了在"接着＋гл."中表示动作相连或继续外,还用来表示动作顺序,起关联作用。

6. 课文(一)中的"大为,你再来一点儿","来"是"吃"的意思。"不行,这次我来","来"是"埋单"的意思。

四、《课本》语法与注释

1. "下去"的引申用法

复合趋向补语"下去"可以表示"继续"的意思。"гл./прил.＋下去"表示已经开始的动作将继续进行,或已经出现的状态仍将持续。例如:

> 有意思,请说下去。
>
> 陈老师吃了羊肉以后,四位小姐又接着唱下去。
>
> 大家只要学下去,就一定能学会。
>
> 天气再这样冷下去,我们就该穿羽绒服了。

2. 疑问代词表示任指(2)

疑问代词"谁、什么、哪儿、怎么"用于陈述句中,表示任指,常用副词"都"或"也"跟它呼应。例如:

> 谁埋单都一样。
>
> 吃饭去哪家饭馆都行。
>
> 他刚来北京,哪儿都想看看。
>
> 他什么都不想吃。
>
> 这件事真奇怪,我怎么也不明白。

3. 用介词"比"表示比较(2)

两个事物比较的结果,除了用形容词短语、动词短语等表示以外,也可以用主谓短语表示,以比较出同类事物在某个方面的差别。

подлеж. ＋пр. "比" ＋ сущ./мест. ＋ об. с подлежащно-сказуемостным сочетанием				

подлежащее	сказуемое			
	пр. "比"	сущ./мест.	об. с подлежащно-сказуемостным сочетанием	
陈老师	比	我们	岁数	大。
你们	还比	我	动作	快。
这条裙子	比	那条	颜色	好吗?
我外婆	不比	我妈妈	身体	差。

用情态补语表示比较结果的句子，"比 + сущ. / мест."也可以放在动词之后、情态补语之前，意思基本不变。例如：

对面的那几位比我们抢得还热闹呢。（对面的那几位抢得比我们还热闹呢。）

他比他朋友来得早。（他来得比他朋友早。）

张先生翻译唐诗比王先生翻译得好。（张先生翻译唐诗翻译得比王先生好。）

4. 越……越……

表示随着情况（第一个"越"后的词语）的变化，程度（第二个"越"后的词语）在变化。例如：

他很着急，所以越说越快。

雨越下越大了。

大家越唱越高兴。

5. 介词"由"

"由 + им. об. + гл."表示某事归某人或某单位去做。如：

电影票由宋华去买。

这个问题应该由学校解决。

6. 介词"按"

"按 + им. об. + гл."，表示依照某种标准做某事。如：

我们按那儿的风俗用手抓饭吃。

我们按医生的话一天吃三次药。

7. 接着 + гл.

动词"接着"做状语，"接着 + гл."表示后边的动作与前面的动作在时间上相连或是在内容上后者为前者的继续。如：

你先说，我接着说。

他先介绍北京，接着介绍上海。

今天我们先学到这儿，明天我们接着学。

叙述连续动作的顺序：首先 / 先——再 / 又 / 接着——然后 / 接着——最后。

五、《课本》"字与词"知识

构词法（11）：综合式

这种词指以名词为中心的多层次的偏正形式的合成词，一般都是名词。例如：

照相机　办公室　借书证　通知单　服务员　出租车　展览馆

园艺师　科学家　植物园　中秋节　外交官　橄榄球　太极剑

电影院　兵马俑　羽绒服　建国门　音乐会　图书馆　美术馆

汉语课　火车站　外国人　葡萄酒　君子兰　明信片　人民币

小意思　小学生　小汽车　小时候

商品经济　中华民族　汉语词典　公共汽车　古典音乐

六、教师参考语法、词汇、汉字知识

语法知识

本课介绍的介词"由"与介词"被"都可以在句中引进动作的施事。如：

　　自行车被他借走了。

　　自行车由他骑。（我们坐公共汽车。）

但"由"和"被"的用法有很大不同,在很多情况下不能互换。

首先,"被"字句中的动词通常带有处置意义,一般是具体动作性的动词,强调动作给受动者带来的结果或影响,所以大部分情况下动词后常带有其他成分。这种句子也主要用于叙述。"由"字句中的动词,除了具体动作性动词外,也可以用抽象意义的动词,动词后也无需带有其他成分。这种句子主要用来说明。

"被"字句的受事只能出现在主语位置上,句子不能再有宾语。"由"字句的受事可以出现在主语的位置上,也可以出现在宾语的位置上。例如：

　　地图被风刮下来了。（不能说:⊗被风刮下来地图了。）

　　地图由你买。（可以说:由你买地图。）

"被"字句中强调受事,不强调施事,"被"引进的施事可以不出现,但受事不能省;"由"字句中强调施事,不强调受事,"由"引进的施事必须出现。例如：

　　自行车被他借走了。（可以说:自行车被借走了。）

　　自行车由他骑。（不能说:⊗自行车由骑。）

"被"字句中常带有一定的消极色彩,多用于不情愿、不愉快或不如意的状态或行为;"由"字句一般带有积极色彩,常表示愿意积极、主动承担的事。例如：

　　我的书包被小偷偷走了。（不能说:⊗我的书包由小偷偷走了。）

　　这个问题由他解决。（不能说:⊗这个问题被他解决。）

词汇知识

1. "回"和"次"都是表示动作次数的动量词,一般都用于反复出现的动作。"回"比"次"的口语色彩更浓。"回"还可以用作名量词,如课文中的"怎么回事儿","次"不能这样用(不能说:⊗"怎么次事儿")。

2. "明白"既是形容词,也是动词。作为动词,"明白"有"知道"、"了解"或"懂"的意思。如：

我不明白为什么你们人人都要埋单。（不知道，不了解，不懂）

今天的语法我还不明白。（不懂）

3. "饭店"是指比较大而且设备较好的旅馆。"饭馆"是指出售饭菜、让人吃饭的店。

4. "尊敬"和"尊重"都表示"重视"。"尊敬"除了重视还有敬佩、恭敬的意思，常用于对老人或师长，如"尊敬老师"、"尊敬老人"，"我最尊敬的作家"；"尊重"主要表示重视或严肃对待，如"尊重事实"、"尊重小孩的意愿"、"互相尊重"等。

汉字解说

埋，读 mái，土字旁，是会意字。"在土里"，表示"埋"的意思，如"死了一只羊，把它埋在地里"。注意与"理"字的区别："理"是王字旁。

抬，"扌"（提手旁），表示与手有关的动作，右边的"台"是这个字的读音。"抬"表示举起，如"抬手、几个人把汽车抬起来"。

歌，左右结构。左边是字的读音，右边提示字义。"欠"，古字表示人长长地出气。常用词语有"唱歌、民歌、歌唱、歌剧"等。

味，与"口"的动作行为有关，右边是字的读音。常用词有"味道、口味、甜味、辣味、苦味、酸味、咸味、风味"等。

尊，古汉字是一种酒器。用双手捧着酒器敬酒的样子，表示"尊敬"的意思。常用词语有"尊敬、尊重、尊贵"等。

橄榄，跟"**葡萄**"一样，是一个语素。

七、教师参考文化知识：中国菜

中国菜不仅以色、香、味、形的精美闻名于世，而且讲究营养、滋补身体。中国菜的原料有肉、鱼、禽蛋、蔬菜、瓜果、油脂、调味等类，烹制的方法有炸、溜、烹、爆、炒、煸、熬、煮、烧、烩、炖、焖、煎、涮、汆、熏、烤等。做菜讲究选料、配料、刀工、火候、调味五个方面。各地的菜又有自己的特色，形成了川（四川）菜、鲁（山东）菜、粤（广东）菜、淮扬（扬州）菜、湘（湖南）菜、浙（浙江）菜、闽（福建）菜、徽（徽州）菜八大菜系。其中影响最大的是川鲁粤扬四大菜系。以川菜为例，川菜特别讲究调味，在咸甜麻辣酸五味的基础上调出23 个复合味型，烹调方法多达 50 余种，川菜有四千多个品种，像宫保鸡丁、麻婆豆腐、鱼香肉丝、香酥鸡、怪味鸡等，深受全国乃至全世界食客的欢迎。粤菜用料更广泛，调料奇特，讲究口味香、脆、酥、嫩、清、鲜、甜。粤菜品种多达五千多个。

我国少数民族也各有自己的饮食风俗和名菜佳肴。如蒙族的全羊席是款待贵宾的宴席。主人用蒙古刀将羊头皮划成几小块，首先献给席上的长者或最受尊敬的人，然后撤下羊头，把羊脊背的肉一块一块地割下递给客人。新疆维吾尔族的抓饭是用浸泡过的大米和羊油、羊肉、胡萝卜丝、洋葱、葡萄干等各种佐料焖成的。吃时用右手的大拇指、食指和中指捏起一撮饭直接送到嘴里，所以称为抓饭。

八、《综合练习册》中听力练习的录音材料及部分练习的参考答案

Задания по аудированию и практике устной речи

2. Прослушайте вопросы и обведите правильныйи ответ в соответствии с текстом.

(1) 谁先说去外边吃饭的？

    A. 力波   B. 小云   C. 宋华   D. 林娜

(2) 谁抢着付了钱？

    A. 力波   B. 小云   C. 宋华   D. 林娜

(3) 马大为他们班上星期六去哪儿旅行了？

    A. 上海   B. 西安   C. 北京   D. 内蒙

(4) 他们一共几个人去旅行了？

    A. 14   B. 15   C. 16   D. 17

(5) 谁喝了第一杯酒？

    A. 马大为   B. 陈老师   C. 宋华   D. 丁力波

3. Прослушайте диалог и определити верн ли следующие утверждения (" + "для верного, " – "для неверного).

录音：

    男：今天我请客，你想吃什么都可以。

    女：我听说这个饭馆的四川菜很有名。我想吃四川菜，可以吗？

    男：当然了。不过，四川菜有点儿辣，你不怕吗？

    女：没关系，我想试一试。

    男：你觉得味道怎么样？

    女：今天的菜味道都不错。特别是火锅，好吃极了。

    男：那你多吃点儿吧。今天我埋单。

    女：我已经吃了很多了，吃不下了。

(1) 男的和女的在吃饭。   (+)

(2) 今天是女的埋单。   (–)

(3) 男的想吃四川菜。   (–)

(4) 女的不喜欢四川菜。   (–)

(5) 女的觉得今天的菜不好，所以只吃了一点儿。   (–)

4. Прослушайте звукозапись и заполните пропуски.

(1) 今天吃饭张老师_____。   （埋单）

(2) 这件事_____学校决定。   （由）

(3) 我给大家讲一个_____。   （笑话）

(4) 你吃饱了吗？再_____一点米饭吧。   （添）

（5）中国人很_____老师。　　　　　　　　　　　　（尊敬）

5. Прослушайте звукозапись и напишите предложения, используя пиньинь.
　（1）昨天我们班的同学一起在学校餐厅吃饭。
　（2）我约朋友一起去看电影。
　（3）美国人喜欢橄榄球。
　（4）我事先不知道这件事。
　（5）今天我们过得很愉快。

6. Прослушайте звукозапись и напишите предложения иероглифами.
　（1）这个餐厅的菜味道很好。
　（2）我去过一次上海。
　（3）你说完了，我接着说。
　（4）汉字越写越好了。
　（5）我们是按中国人的习惯做的。

7. Разыграйте по ролям.
　Прослушайте звукозапись и составьте диалог с вашим партнером по образцу.
　Попробуйте узнать смысл диалога с помощью друзей, преподавателей и
　словарей.
　录音：
　　　女：林娜今天来上课了吗？
　　　男：没有，她说她今天身体不好。
　　　女：怎么回事儿？她很少生病啊？
　　　男：我也不明白。昨天我还和她一起出去玩儿了呢。

第三十八课（复习） 你听，他叫我"太太"

一、教学目的

1. 复习已学过的重点句型和重点词语的用法。

（1）几种补语

（2）疑问代词活用

（3）副词"再"和"又"

（4）"得很"表示程度

（5）说到＋им. об. ／гл. об. ／об. с подлежащно-сказуемостным сочетанием

（6）"好几"表示概数

（7）代词"俩"

2. 掌握本课"祝贺新婚"、"澄清观点"、"决定"和"劝慰"等功能项目，并能初步就婚礼、婚俗问题进行交际。

3. 掌握本课的生词和汉字。

二、教学步骤建议（略）

三、内容说明

1. 本教材前三册的学习已进入最后一课。在这三十八课中，已经介绍了汉语语音以及初级阶段的汉语基本语法、句型和功能项目。本课着重复习四种补语、疑问代词的活用和副词"再"和"又"的用法。同时本课还要学习用"得很"表示程度，"好几"表示概数以及代词"俩"的用法等。

2. 汉语的八种主要补语都已在本书中介绍过。第二十六课曾复习过其中的七种，本课补充复习情态补语、程度补语、结果补语和可能补语。

（1）情态补语已经学过的有下列几种：

① 动词不带宾语。（你来得真早。）

② 动词带宾语、以重复动词的句式表示。（他做中国菜做得很好吃。）

③ 动词带宾语、以主谓谓语句句式表示。（他汉字写得很漂亮。）

④ 动词带宾语、以主谓谓语句句式表示。（汉语他说得不太流利。）

⑤ 情态补语描述主语的情态。（他玩儿得很高兴。）

⑥ 动词短语做情态补语。（他们忙得没有时间唱京剧。）

⑦ 主谓短语做情态补语。（他累得头疼。）

（2）程度补语,已经学过"极了、多了、得很"。

（3）结果补语,重点为"好、到、在、上、开、着、住"。

（4）可能补语,重点为"完、见、懂、出来、起来、下去、下、了、动"。

3. 课文(二)杰克说:"可是我怎么开得了口?"玉兰说:"怎么开不了口?"都是用疑问代词"怎么"表示反问。"开得了口"和"开不了口"是用"了"的可能补语。"开口"的意思是"说话",课文中指的是叫"爸"、"妈"。

玉兰爸说"回来了就好",是"你们能回来看我们,这就好,晚点儿、早点儿没关系"的意思。

玉兰妈说:"他是不懂我们的规矩"。"是"表示强调。

玉兰说"您这就不明白了",是主谓谓语句。主谓短语"这就不明白"是无标记被动句。

杰克说:"别说我们那条大胡同,连我住的那一座楼里,也没有人会批评我。"这里"别说"是"更不用说……"的意思,常在"连……也……"的后边,表示"别说"后边所指的事物"更是(或不是)这样"。

4. 本课说的故事是:小燕子的表姐玉兰与来中国的澳大利亚青年杰克相识并相爱结婚。杰克也是马大为的朋友,他把结婚的事儿告诉了马大为和小燕子。新婚夫妇回玉兰在农村的家看望玉兰的父母。这就产生了中、西方之间以及城、乡之间对婚俗的不同看法,作为农村人的玉兰父母与"洋姑爷"之间也产生了有趣的矛盾。

四、《课本》语法与注释

1. 几种补语

（1）情态补语

你来得真早。

他做中国菜做得很好吃。

他汉字写得很漂亮。

汉语他说得不太流利。

他玩儿得很高兴。

他们忙得没有时间唱京剧。

外边安静得听不见一点儿声音。

他累得头疼。

（2）程度补语

昨天热极了。

上海的东西比这儿便宜多了。

他最近忙得很。

（3）结果补语

她戴上了那条围巾。

他们没有把礼物打开。

他没有找着火车票。

我记住了那位作家说的话。

（4）可能补语

他今天做得完这些练习。

我看不见那棵树。

他们听不懂上海话。

汽车开不进来。

这么多东西,他拿不上来。

小孩吃得了这么多水果吗?

车里坐不下这么多人。

我们搬得动这张大床。

2. 疑问代词活用

（1）表示反问

谁说他不去?

她哪儿有钱买车呢?

他什么没吃过,什么没见过?

他怎么没有来? 他来了。

（2）表示虚指

你想喝点儿什么吗?

我不记得谁给你打过电话。

我好像在哪儿见过他。

（3）表示任指

这么好的京剧,谁都想看。

他什么也不想吃。

她哪儿也不愿意去。

哪种方法都不行。

他怎么记也记不住。

还可用相同的两个代词表示任指。

我们楼里谁也不认识谁。

谁知道这个词的意思谁就回答。

你一个人想怎么做就怎么做。

你做什么我就吃什么。

哪儿好玩就去哪儿。

3. 副词"再"和"又"

再

（1）将要重复

请再说一遍。

我们再聊一会儿吧。

他说他明天再来。

我以后不再去了。

（2）表示动作将在某一时间或情况以后发生

我们先翻译生词，再复习课文。

吃完饭再走吧。

又

（1）已经重复

你上星期已经参观了一次，怎么今天又去参观了？

他昨天没有来，今天又没有来。

（2）有所补充

我昨天去了商店，又看了电影。

他没有去上课，又没有好好复习，所以考得很不好。

（3）同时存在的情况

他们又唱又跳。

这个姑娘又年轻又漂亮。

（4）两件矛盾的事情或情况

她很怕冷，又不愿意多穿衣服。

我很想跟你聊聊，可是又怕你没有时间。

4. "得很"表示程度

助词"得"和副词"很"常用在形容词和表示心理活动的动词后面，"прил./гл. + 得很"表示程度高，例如：

我们最近忙得很。

大家都高兴得很。

106

——力波现在还想家吗？

——他说还想得很。

5. 说到 + им. об. ／гл. об. ／об. с подлежащно-сказуемостным сочетанием

"说到 + им. об. ／гл. об. ／об. с подлежащно-сказуемостным сочетанием"表示涉及某人或某事。用于提出话题，并对此表示意见。例如：

说到学习成绩，我认为小田是我们全班的第一。

说到在饭馆埋／买单，我们喜欢 AA 制。

说到杰克怎么称呼玉兰的父母，由他自己决定吧。

6. "好几"表概数

"好几"用在数量词或时间词前表示"多"，如"好几个、好几十、好几千、好几万、好几倍、好几年"等。

7. "俩"

"俩"是"两个"的意思。如"咱俩、你们俩、他们俩"。"俩"后不能加量词。不能说：⊗"他们俩个"。

五、《课本》"字与词"知识

区别多音多义字

在3500个常用汉字中，有11%的多音多义字，如"还"字就有两个读音：作为副词读 hái，如"还有、还想"；作为动词读 huán，如"还书、还贷款"。"好"也有两个读音：一个是 hǎo，如"好书、好地方"：一个是 hào，如"爱好"。读音不同，所表达的意思也完全不同，我们要注意区分。

六、教师参考语法、词汇、汉字知识

语法知识

有的语法和教材（如《实用汉语课本》）曾将本书所说的"程度补语"与"情态补语"合为一类，称为"程度补语"。

本书所指的程度补语是在形容词或表示心理活动的动词后边表示程度的补语。主要有两类：

（1）直接用在形容词或某些动词之后，常用的有"极了"、"多了"（我们已学过），还有"透了"、"坏了"、"死了"等。

动词带程度补语"极了"时，如果有宾语，要重复动词（"他想妈妈想极了"）。"极了"、"多了"做程度补语，不能用于"把"字句。

（2）由"得"连接的程度补语，用得较多的有"得很"（本课介绍）、"得多"等。

"得很"既可以用在好的事情上，也可以用在不好的事情上。可以用在形容词之后，

107

也可以用在表示心理活动的动词之后。

汉字解说

嫁，女字旁，与女性有关，"家"提示字的读音，读 jià，指女子到男方家结婚。常用词语有"出嫁、嫁人、嫁女儿、嫁姑娘"等。

评，"讠"与言语有关，"平"是字的读音。常用词语有"批评、评分、评语、评理"等。

岳，上下结构，上面是"丘"，指小土坡，下面是"山"。"岳"读 yuè，表示高山的意思。如"东岳泰山"。

规，夫字旁。注意与"现"字区别："现"是王字旁。"规"组合成的常用词语有"规定、规矩、校规"等。

矩，矢字旁，右边的"巨"提示字的读音，读 jǔ。注意与"知"字区别："知"字右边是"口"字。"矩"原指画直角的曲尺。常用词语有"规矩、矩形"，成语有"没有规矩，不成方圆"。

双，又字旁，"又"古汉字表示手，两只手，就是"双"的意思。如"一双手、一双筷子、一双鞋(xié)、一双袜子(wàzi)"。

七、教师参考文化知识：婚礼

中国古代非常重视婚嫁礼，从订亲到迎娶，有很多烦琐的礼仪程序和带有地方特色的风俗习惯，体现了隆重、热闹、喜庆、吉祥的气氛。随着时代的变化、社会的变革，婚礼已大为简化。特别在城市里，教育程度愈高的人群婚礼愈趋简单。一般在自由恋爱并征得父母同意的基础上，在双方感情发展成熟的时候，到政府进行结婚登记领取结婚证，然后选择日期，通常是五一劳动节、十一国庆节长假或元旦、春节举行婚礼。有的人采取旅行结婚的方式，回来以后向亲友们分送喜糖，或者请单位的同事们吃顿饭小聚一下就行了。有的在家长主持下，在饭店举行仪式，双方同事及亲朋好友参加。中国人以红色为喜庆的颜色，婚礼会场都要贴大红双喜字，新娘穿红色的礼服(现在很多新娘在婚礼上先穿白色婚纱，后换穿红色礼服)。仪式很简短，新郎新娘向双方父母鞠躬并互相鞠躬。双方家长或工作单位负责人(通常是证婚人)讲话，祝福新人。然后酒宴开始，在宴席上新人要向宾客敬酒；宴会后要到门口送走所有的宾客，才回到自己的新房。香港、澳门、台湾及海外华人社会，在举行婚礼前通常要以双方父母的名义在报上刊登结婚启事，大陆现在一般不这样做。

现在中国农村大办婚事的风气仍很盛行。提亲(大多也是在双方自由恋爱的基础上，由男方家长向女方提亲)、订婚、迎娶等过程很隆重。订婚时男方要向女方送礼物、要吃订婚饭。婚礼一般在男方家举行，迎亲队伍大多用出租汽车，有的四五辆，甚至十多辆。也有的地方又恢复新娘坐花轿的习俗。男方家的婚宴规模也愈来愈大，少则二三十桌，多则四五十桌。

婚礼铺张浪费，结婚费用越来越高已成为年轻人及家庭很重的负担。近年来，在妇女联合会、工会等组织的倡导下，出现了很多新式婚礼，如集体婚礼、旅游婚礼、植树婚礼等。这些体现隆重、喜庆,又节约、省事的婚礼,正日益受到人们的欢迎。

八、《综合练习册》中听力练习的录音材料及部分练习的参考答案
Задания по аудированию и практике устной речи

2. Прослушайте вопросы и обведите правильный ответ в соответствии с текстом.

 (1) 谁和杰克结婚了?

  A. 小燕子   B. 王小云   C. 林娜   <u>D. 玉兰</u>

 (2) 在中国农村,哪一个不是结婚的时候一定要做的?

  A. 去政府登记 B. 请客   <u>C. 旅行</u>   D. 拿结婚证

 (3) 在中国农村,人们一般在哪儿举行婚礼?

  A. 教堂   B. 新娘的家   <u>C. 新郎的家</u> D. 公园里

 (4) 杰克和玉兰去农村做什么?

  A. 旅行   <u>B. 看望玉兰的父母</u> C. 学习汉语 D. 工作

 (5) 按中国人的习惯,结婚的时候墙上和门上要贴什么?

  A. 红色的一个喜字   B. 白色的一个喜字

  <u>C. 红双喜字</u>   D. 白双喜字

3. Прослушайте диалоги и определите верны ли следующие утверждения (" + " для верного," – "для неверного).

 录音:

  男:我真高兴,今天下午我们就要结婚了!

  女:我也很高兴。

  男:不过,结婚真累啊。

  女:是啊,要准备这么多东西。还有很多事情要做。

  男:今天下午我们先去拿结婚证,然后去饭店等客人来。

  女:可能今天晚上得喝很多很多酒。你可要注意,别喝太多了。

  男:我知道了。

 (1) 男的和女的今天下午结婚。   (+)

 (2) 他们两个人都很高兴。   (+)

 (3) 他们上午去政府拿结婚证。   (–)

 (4) 晚上在他们的家请客人吃饭。   (–)

 (5) 女的不要男的喝太多酒。   (+)

4. Прослушайте звукозапись и заполните пропуски.

 (1) 昨天玉兰_____给了杰克。   (嫁)

 (2) 现在才 10 点,不_____晚。   (算)

 (3) 他住在我家的旁边,是我的_____。 (邻居)

（4）她不懂我们的_____，请不要生气。　　　　（规矩）

（5）我妻子的爸爸是我的_____。　　　　　　　（岳父）

5. Прослушайте звукозапись и напишите предложения, используя пиньинь.

（1）昨天我和他结婚了。

（2）祝你每天都幸福。

（3）今天下午我们在饭店举行婚礼。

（4）我们俩商量去北京旅行的事。

（5）我决定明天回家。

6. Прослушайте звукозапись и напишите предложения иероглифами.

（1）我的表姐很漂亮。

（2）我忙得很，不能出去玩。

（3）我已经好几个星期没看见他了。

（4）说到旅行，我只去过上海。

（5）这次考试不算难。

7. Разыграйте по ролям.

Прослушайте звукозапись и составьте диалог с вашим партнером по образцу. Попробуйте узнать смысл диалога с помощью друзей, преподавателей и словарей.

录音：

女：你这是什么意思？怎么这么说呢？

男：别生气，我不是这个意思。你听我慢慢解释。

女：你别说了，我不想听。你怎么随便批评我？

男：是我说错话了，我向你说对不起。别生气，好吗？

第三十三～三十八课单元测试(笔试)

班级：Учебная группа _____

姓名：Имя и Фамилия _____

成绩：Оценка _____

一、请听句子并填写汉字。(12%)

Прослушайте предложения и напишите пропущенные иероглифы.

(共12题,每题1分,共12分)

1. 我现在还听不_____这个_____。

2. 这个句子里有一个_____字,你看_____了吗?

3. 我现在想_____点儿_____。

4. 那_____文章我只记_____了两句。

5. 他什么时候能向银行_____就什么时候买_____。

6. 从这儿到上海,坐_____比坐火车多两_____的时间。

7. 我看谁吃饭谁_____自己的_____。

8. 两个人_____不动这个_____。

9. 这个_____放不_____20张桌子。

10. 他是南方人,吃不_____北方的_____。

11. 我们这儿一到9月_____就_____起来了。

12. _____一般都热闹得_____。

二、请找出下列汉字的意义。(6%)

Выберите подходящие иероглифы по их значению.

(共12题,每题0.5分,共6分)

汉字 иероглиф   意义 значение

(　　) 1. 受   a.　вкус

(　　) 2. 移   b.　дорога

(　　) 3. 木   c.　близкий

(　　) 4. 近   d.　действительно

(　　) 5. 味   e.　трудный

(　　) 6. 确   f.　гость

(　　) 7. 苦   g.　дерево

(　　) 8. 难   h.　горький

（　　）9. 路　　　　i. двигать

（　　）10. 民　　　j. свидетельство

（　　）11. 证　　　k. получить

（　　）12. 客　　　l. народ

三、请用所给的词组成句子。（12%）

Составьте предложения с данными словами и словосочетаниями.

（共6题，每题2分，共12分）

1. 每个　保护环境　有关系　问题　国家　跟　的　都

2. 三个月　圣诞节　离　不到　现在　了　还

3. 知道　他　地理知识　得　中国　很多　的

4. 名胜古迹　哪儿　他　哪儿　就　有　旅游　去

5. 看电视　还　除了　他　以外　晚上　看报

6. 好　足球　我们班　踢　三班　比　得

四、请选择正确的答案。（8%）

Выберите правильные ответы.

（共8题，每题1分，共8分）

1. 力波_____张教授的意见，每天都练书法。

　　A. 把　　　　B. 按　　　　C. 为　　　　D. 由

2. 这件事应该_____大家商量以后再决定。

　　A. 把　　　　B. 按　　　　C. 为　　　　D. 由

3. _____我去西安旅游的时候，我一定给你买个纪念品。

　　A. 到　　　　B. 像　　　　C. 等　　　　D. 离

4. _____我去西安旅游的时间，还有两个星期了。

　　A. 到　　　　B. 像　　　　C. 等　　　　D. 离

5. 刚开学，同学们就忙_____了。

　　A. 起来　　　B. 下去　　　C. 出来　　　D. 下来

6. 我练了三四个月的太极剑了，回国以后我也要这样练_____。

　　A. 起来　　　B. 下去　　　C. 出来　　　D. 下来

7. 我担心他找不_____去长城的公共汽车。

    A. 了   B. 下   C. 着   D. 动

8. 你昨天说要参加这次聚会，今天_____说不去了？

    A. 再   B. 又   C. 还   D. 才

五、请用下列词语造句。（20%）

Составьте предложения с данными словами.

（共 10 题，每题 2 分，共 20 分）

1. 再说

2. 接着

3. 说到

4. 想不到

5. 可

6. 像

7. 既……又……

8. 连……也……

9. 就是……也……

10. 一……就……

六、判断下列句子的语法是否正确。（10%）

Определите，правильны ли следующие предложения с точки зрения грамматики（" +"для правильного，" -"для неправильного）.

（共 14 题，每题 1 分，共 14 分）

（   ）1. 林娜接着大为念下去。

（   ）2. 哪个问题没有解决，我们就商量什么问题。

（   ）3. 你说得不清楚，所以我不听懂。

（   ）4. 我把那篇文章翻译得完。

（   ）5. 谁有问题谁老师就回答。

（   ）6. 都十月了，天气还这么热。

（   ）7. 你看得见看得不见那棵树？

（   ）8. 它下雨了，咱们快点儿回去。

（   ）9. 他是老司机，各种汽车都开过。

（   ）10. 这些句子他只能说，不能写起来。

（   ）11. 好几种菜他都不喜欢吃。

（   ）12. 中秋节那天他准备了很多吃的东西为大家。

（   ）13. 门太小，这张床不能抬进去。

（   ）14. 老师记得个个学生的名字。

七、阅读下面的短文并完成练习。（18%）

Прочитайте текст и выполните задания.

（1）填空

Заполните пропуски.

（共12题，每题1分，共12分）

这个班有十几个学生，他们从_____的国家来北京学习四个星期的汉语。班上岁数最大的是杜克先生，快60岁了，最小的_____吉米、玛丽才20岁。中国老师田小姐今年也不_____30岁。今天，他们一起坐火车去西安旅游。

从检（проверка，контроль）票的地方到他们的11号车厢要走50多米，吉米和玛丽走得最快。他们_____从开始学习的第一天就在一起：上课坐在一起，下课也离不开。现在，吉米_____自己的背包以外，还拿着玛丽的背包，累_____满头大汗。走在最后边的是杜克先生，他的包又大又重，看得_____，他快要拿_____动了。田老师走过来对他说："您岁数大了，我来帮您拿吧！"杜克先生听了很不高兴地说："不用，我拿得了。我的岁数跟这个_____关系。"田小姐觉得很奇怪：我是关心你啊！你为什么这么说话？她抢着为杜克拿包。

走进11号车厢，田老师看到下铺（нижняя полка в поезде）和中铺都有人了，只留下两个上铺。田老师也不高兴了。她想：这些老外真不知道关心别人。我这个老师跟你们岁数_____，你们可以不关心我，但是应该关心老人啊！她对吉米说："吉米，你能不能睡上铺？把下铺让给杜克先生，他岁数大了。"吉米正跟玛丽又说又笑，听了田老师的话很不高兴。他心里想：我跟他一样，都是学生，我先进来的，当然我想睡_____就睡哪儿，我没有错。杜克先生更生气了：怎么又说我岁数大了？我才58岁，还很年轻！你们觉得我老了？连上铺也爬_____上去了？

（2）回答问题

Ответьте на вопросы.

（共3题，每题2分，共6分）

1. 杜克先生为什么不高兴？

2. 田老师为什么觉得奇怪？

114

3. 按西方的习惯和中国的习惯,吉米那样做对还是不对?

八、请写一段短文,谈谈你对环境保护问题或者对消费问题的看法,下面的词或短语可作为写作的提示。(10%)

Напишите небольшое сочинение и выскажите своё мнение по вопросу защиты окружающей среды или проблеме потребления. в помощь можно использовать предложенные слова и обороты.

(共1题,10分)

保护　环境　污染　科学　植物　研究　自然　解决　继续　高新技术
条件　方式　办法　建立　沙漠　有关系　绿化　实现

节约　勤俭　艰苦　金钱　朴素　生产　商品　经济　积蓄　贷款　困难　信用
享受　借债　时代　观念　好处　发展　变化　花钱　挣钱

第三十三~三十八课单元测试（笔试）
教师参考答案

一、请听句子并填写汉字。

1. 我现在还听不__懂__这个__笑话__。
2. 这个句子里有一个__错__字，你看__出来__了吗？
3. 我现在想__喝__点儿__什么__。
4. 那__篇__文章我只记__住__了两句。
5. 他什么时候能向银行__贷款__就什么时候买__房子__。
6. 从这儿到上海，坐__船__比坐火车多两__倍__的时间。
7. 我看谁吃饭谁__付__自己的__账__。
8. 两个人__抬__不动这个__花轿__。
9. 这个__餐厅__放不__下__20张桌子。
10. 他是南方人，吃不__了__北方的__烤羊肉__。
11. 我们这儿一到9月__天气__就__凉快__起来了。
12. __婚礼__一般都热闹得__很__。

二、请找出下列汉字的意义。

汉字 иероглиф		意义 значение
（k） 1. 受	a.	вкус
（i） 2. 移	b.	дорога
（g） 3. 木	c.	близкий
（c） 4. 近	d.	действительно
（a） 5. 味	e.	трудный
（d） 6. 确	f.	гость
（h） 7. 苦	g.	дерево
（e） 8. 难	h.	горький
（b） 9. 路	i.	двигать
（l） 10. 民	j.	свидетельство
（j） 11. 证	k.	получить
（f） 12. 客	l.	народ

三、请用所给的词组成句子。

1. 保护环境的问题跟每个国家都有关系。

2. 现在离圣诞节还不到三个月了。

3. 中国的地理知识他知道得很多。
   他中国的地理知识知道得很多。

4. 哪儿有名胜古迹,他就去哪儿旅游。

5. 晚上他除了看电视以外,还看报。

6. 三班足球踢得比我们班好。
   我们班足球踢得比三班好。

四、请选择正确的答案。

1. 力波___B___张教授的意见,每天都练书法。
   A. 把　　　　　B. 按　　　　　C. 为　　　　　D. 由

2. 这件事应该___D___大家商量以后再决定。
   A. 把　　　　　B. 按　　　　　C. 为　　　　　D. 由

3. ___C___我去西安旅游的时候,我一定给你买个纪念品。
   A. 到　　　　　B. 像　　　　　C. 等　　　　　D. 离

4. ___D___我去西安旅游的时间,还有两个星期了。
   A. 到　　　　　B. 像　　　　　C. 等　　　　　D. 离

5. 刚开学,同学们就忙___A___了。
   A. 起来　　　　B. 下去　　　　C. 出来　　　　D. 下来

6. 我练了三四个月的太极剑了,回国以后我也要这样练___B___。
   A. 起来　　　　B. 下去　　　　C. 出来　　　　D. 下来

7. 我担心他找不___C___去长城的公共汽车。
   A. 了　　　　　B. 下　　　　　C. 着　　　　　D. 动

8. 你昨天说要参加这次聚会,今天___B___说不去了?
   A. 再　　　　　B. 又　　　　　C. 还　　　　　D. 才

六、判断下列句子的语法是否正确。

(＋)　1. 林娜接着大为念下去。

(－)　2. 哪个问题没有解决,我们就商量什么问题。

(－)　3. 你说得不清楚,所以我不听懂。

(－)　4. 我把那篇文章翻译得完。

(－)　5. 谁有问题谁老师就回答。

(＋)　6. 都十月了,天气还这么热。

(－)　7. 你看得见看得不见那棵树?

(－)　8. 它下雨了,咱们快点儿回去。

(＋)　9. 他是老司机,各种汽车都开过。

(－)　10. 这些句子他只能说,不能写起来。

（ ＋ ）11. 好几种菜他都不喜欢吃。

（ － ）12. 中秋节那天他准备了很多吃的东西为大家。

（ － ）13. 门太小，这张床不能抬进去。

（ － ）14. 老师记得个个学生的名字。

七、阅读下面的短文并完成练习。

（1）填空

这个班有十几个学生，他们从<u>不同</u>的国家来北京学习四个星期的汉语。班上岁数最大的是杜克先生，快 60 岁了，最小的<u>像</u>吉米、玛丽才 20 岁。中国老师田小姐今年也不<u>到</u> 30 岁。今天，他们一起坐火车去西安旅游。

从检（проверка，конгроль）票的地方到他们的 11 号车厢要走 50 多米，吉米和玛丽走得最快。他们俩从开始学习的第一天就在一起：上课坐在一起，下课也离不开。现在，吉米<u>除了</u>自己的背包以外，还拿着玛丽的背包，累<u>得</u>满头大汗。走在最后边的是杜克先生，他的包又大又重，看<u>得</u>出来，他快要拿<u>不</u>动了。田老师走过来对他说："您岁数大了，我来帮您拿吧！"杜克先生听了很不高兴地说："不用，我拿得了。我的岁数跟这个<u>没有</u>关系。"田小姐觉得很奇怪：我是关心你啊！你为什么这么说话？她抢着为杜克拿包。

走进 11 号车厢，田老师看到下铺（нижняя полка в поезде）和中铺都有人了，只留下两个上铺。田老师也不高兴了。她想：这些老外真不知道关心别人。我这个老师跟你们岁数<u>差</u>不多，你们可以不关心我，但是应该关心老人啊！她对吉米说："吉米，你能不能睡上铺？把下铺让给杜克先生，他岁数大了。"吉米正跟玛丽又说又笑，听了田老师的话很不高兴。他心里想：我跟他一样，都是学生，我先进来的，当然我想睡哪儿就睡哪儿，我没有错。杜克先生更生气了：怎么又说我岁数大了？我才 58 岁，还很年轻！你们觉得我老了？连上铺也爬<u>不</u>上去了？

第三十三～三十八课单元测试(口试)

一、请回答下列问题。(60%)

Ответьте на вопросы.

(共12题,每题5分,共60分)

说明:教师在以下18个问题中选取12个问题向每个学生提问,根据学生口头回答的语言表现作出综合评定,包括语音表现与词汇、语法的准确性。具体比例如下:语音表现30%,词汇准确性30%,语法准确性40%。

Вопросы:

1. 你爬过山没有? 说说你那次爬山的情况。
2. 你参加过夏令营没有? 说说你参加夏令营的情况。
3. 你去过植物园吗? 你喜欢什么植物?
4. 你喜欢吃辣的吗? 西餐里有什么是辣的?
5. 你晕过船或者晕过车吗? 你知道晕船或晕车的时候该怎么办?
6. 在你们城市,年轻人用什么方法买汽车?
7. 你们国家的年轻人常常向银行贷款吗? 你们的父母有什么看法?
8. 你认为开始工作以后的第一件事是不是买汽车? 还是别的?
9. 在你们国家,年轻人的哪些事情得跟父母商量? 哪些事情不用跟父母商量?
10. 对享受生活,王小云和她妈妈有不同的看法,你认为谁对?
11. 你觉得冬天旅游最好去冷的地方还是不冷的地方? 你们国家的人冬天常去哪儿?
12. 你能用汉语解释一下李白"床前明月光"这首诗吗?
13. 简单介绍一下李白、杜甫、莎士比亚这三位诗人。
14. 你认为跟朋友在饭馆吃饭应该怎样付账? 为什么?
15. 在蒙古草原吃烤羊肉,为什么第一杯酒给岁数最大的人?
16. 如果你在宴席上敬酒欢迎客人,应该说些什么?
17. 在你们国家,女婿跟岳父岳母的关系怎么样? 他们互相怎样称呼?
18. 你家在城市还是农村? 你跟你家的邻居是好朋友还是"谁也不认识谁"? 你觉得这样好不好?

二、成段表达。（40%）

Составьте рассказ на одну из предложенных тем.

（共 1 题，40 分）

说明：学生在以下 6 题中抽取两个题目，再从中选取一个题目，准备 5 至 10 分钟后进行口头成段表达。教师根据学生口头的语言表现作出综合评定，包括语音表现、词汇和语法的准确性、内容的充实性。具体比例如下：语音表现 25%，词汇的准确性 25%，语法的准确性 30%，内容的充实性 20%。

Тема：

1. 介绍一下你们国家的气候情况。

2. 介绍一下你们国家首都的环保工作。

3. 介绍一个你们国家或别的国家的传说。

4. 介绍你们国家的一位诗人或者文学家。

5. 介绍一下你们国家有多少民族，各民族有什么不同的风俗习惯。

6. 介绍一下你们国家的婚礼。

主 要 参 考 文 献

吕叔湘(主编)　　　　　　　　　　　　2002 年增订本《现代汉语八百词》　　　商务印书馆

中国社会科学院语言研究所词典编辑室　　2002 年增补本《现代汉语词典》　　　　商务印书馆

刘月华、潘文娱、故铧　　　　　　　　　2002 年增订本《实用现代汉语语法》　　商务印书馆

卢福波　　　　　2000 年《对外汉语常用词语对比例释》　　北京语言文化大学出版社

Новый практический курс китайского языка.
Авторский коллектив: Лю Сюнь (главный составитель), Чжан Кай, Лю Шэхуэй, Чэнь Си, Цзо Шандань и Ши Цзявэй.

教师手册

Новый практический курс китайского языка является серийным изданием, предназначенным для носителей английского языка, изучающих китайский язык. В целях удовлетворения всё возрастающих потребностей российских учащихся в изучении китайского языка, мы решили издать серию учебников с комментариями на русском языке. Настоящее издание включает в себя шесть учебников начальной и средней ступени (70 уроков) и рассчитано на обучение в течение трех лет. Первые три части содержат тридцать восемь уроков, которые знакомят с основными моделями построения предложений и элементарными знаниями функционировая их в речевой практике. Четвертая часть является переходной к последующим частям среднего уровня. Учебник составлен в соответствии с новой учебной программой Бюро КНР по популяризации китайского языка и курсом подготовки к экзаменам HSK. Организация учебных материалов призвана развить коммуникативные навыки студентов. В учебниках изложены строение и функции языка с одновременной подачей культурных сведений. Помимо этого в учебнике предложено множество различных упражнений по аудированию, говорению, чтению и написанию.

Чтобы изучение китайского языка стало проще и интереснее, при составлении учебника учитывались следующие особенности.

Погружаясь в культурную и общественную среду, учащиеся вместе с иностранными студентами Динь Либо (сын супругов Губерта и Динь Юнь), Линь Ной, Ма Давэем будут изучать китайский язык. Испытав много интересного, студенты не только овладеют разговорным китайским языком, но и познакомятся с китайским обществом и культурой.

Большое внимание уделяется изучению обиходных выражений. Студенты с самого начала изучения учатся правильно употреблять их в разговорной речи.

Особое место занимают упражнения по произношению, объяснению грамматики, новых слов и текстов. Постепенное наращивание интенсивности, последовательное продвижение от простого к сложному, закрепление навыков путем системного повторения на протяжении всех четырех этапов обучения будет способствовать лучшему усвоению материала студентами.

Новые методы разъяснения иероглифов помогут студентам легко читать и писать иероглифы.

Особое внимание уделяется сочетанию четырех основных навыков: аудирования, говорения, написания и чтения.

Гибкий подход к подаче материалов. Учебник может быть использован учащимися с различным уровнем знаний и различными целями изучения.

Обширные материалы для самостоятельной работы.

К каждой части учебника прилагается сборник упражнений для самостоятельной работы, пособие для преподавателей, а также комплект аудиокассет и компактдисков.

责任编辑：王亚莉
封面制作：张 静

ISBN 978-7-5619-1809-8

9 787561 918098 >

02800